ÉMILE DESCHAMPS

DILETTANTE

RELATIONS D'UN POÈTE ROMANTIQUE
AVEC LES PEINTRES, LES SCULPTEURS ET LES MUSICIENS DE SON TEMPS

PAR

HENRI GIRARD

DOCTEUR ÈS LETTRES

BIBLIOTHÉCAIRE A LA BIBLIOTHÈQUE NATIONALE

* *

UNE DÉFINITION DE LA POÉSIE :

« Peinture qui se meut et musique qui pense. »
ÉMILE DESCHAMPS.

PARIS

LIBRAIRIE ANCIENNE HONORÉ CHAMPION

ÉDOUARD CHAMPION

5, QUAI MALAQUAIS, VIᵉ

—

1921

BIBLIOTHÈQUE

DE LA

REVUE DE LITTÉRATURE COMPARÉE

Dirigée par MM. Baldensperger et Hazard

TOME II

* *

ÉMILE DESCHAMPS
DILETTANTE

MÉDAILLON D'ÉMILE DESCHAMPS

Par David d'Angers

ÉMILE DESCHAMPS

DILETTANTE

RELATIONS D'UN POÈTE ROMANTIQUE

AVEC LES PEINTRES, LES SCULPTEURS ET LES MUSICIENS DE SON TEMPS

PAR

HENRI GIRARD

DOCTEUR ÈS LETTRES

BIBLIOTHÉCAIRE A LA BIBLIOTHÈQUE NATIONALE

* *

UNE DÉFINITION DE LA POÉSIE :

« Peinture qui se meut et musique qui pense. »
ÉMILE DESCHAMPS.

PARIS

LIBRAIRIE ANCIENNE HONORÉ CHAMPION

ÉDOUARD CHAMPION

5, QUAI MALAQUAIS, VI⁰

—

1921

CE VOLUME A ÉTÉ IMPRIMÉ AVEC LE CONCOURS
DU FONDS ALPHONSE PEYRAT.

TABLE DES MATIÈRES

AVANT-PROPOS

LE DILETTANTISME D'ÉMILE DESCHAMPS

On peut donner au mot *dilettante,* pour caractériser Emile Des-
·champs dans ses rapports avec les artistes de son temps, les deux
sens que cette aimable épithète autorise.

Nous lui laisserons d'abord le sens traditionnel qu'il eut, au xixe siècle, dans les cercles où l'on appréciait la musique. Le *dilettante* [1],
depuis la Restauration jusqu'à la fin du second Empire, c'est l'homme
du monde, amateur passionné de musique italienne. On est sévère
aujourd'hui pour les *dilettanti,* et il serait souhaitable de voir paraître
une étude spéciale sur Stendhal et la musique, Stendhal, leur maître
à tous [2]. Car les reproches qu'on leur fait, le plus grave même, celui
qui consiste à prétendre qu'ils auraient compromis, chez nous, le
développement de notre ancienne musique française, et entravé
pendant plus d'un demi-siècle l'influence bienfaisante de la musique
allemande, toutes ces critiques doivent, semble-t-il, remonter jusqu'à lui. C'est lui qui [3], dès 1812, a sinon créé, du moins fortifié le
préjugé contre la nouvelle musique symphonique, à laquelle il oppo-
sait l'ancienne musique italienne considérée comme « une monarchie
où le chant régnait en maître » [4]. Si l'on ne peut pas dire que la pré-

1. Ad. Jullien, *Paris dilettante au commencement du siècle.* Paris, F. Didot, 1884,
passim, et Stendhal, *Notes d'un dilettante,* dans *Mélanges d'art et de littérature,*
Paris, M. Lévy, 1867.

2. M. R. Rolland, dans la Préface qu'il a écrite pour la dernière édition des
Vies de Haydn, de Mozart et de Métastase, texte établi et annoté par Daniel Muller.
(Paris, Champion, in-8º), en a tracé une belle esquisse.

3. Cf. *Le Temps,* 18 févr. 1914, art. de Paul Souday sur : *Stendhal : Vies de
Haydn, de Mozart et de Métastase, texte établi et annoté par Daniel Muller, préface
de Romain Rolland,* 1 vol. in-8º, Champion.

4. Cf. *Vie de Haydn,* par Stendhal. Ed. Champion, lettre II, p. 18.

dilection pour la mélodie, pour le chant, appartienne en propre à Stendhal, on doit reconnaître qu'il a exagéré jusqu'au paradoxe la thèse de tous les italianistes du xviiie siècle, de Grimm et de Jean-Jacques, qui fait reposer la musique sur le plaisir physique, et qu'après lui tous les dilettanti reprendront. Pour eux, rien n'égale les airs que l'oreille retient facilement dans les délicieux opéras de Paisiello et de Cimarosa. C'est la docilité exquise de la musique de Rossini à se ployer à toutes les inflexions de la voix des chanteurs, qui fera se pâmer les dilettanti à l'audition de ses opéras.

Emile Deschamps, qui fuyait cependant, comme nous le verrons, toute attitude exclusive, se rangea souvent au nombre de ces brillants partisans de l'italianisme. Il est de ceux qui goûtèrent Mozart à l'italienne, adorèrent[1] précisément en lui l'auteur des plus belles romances qu'on puisse entendre ; et lui-même, le poète de salon, a composé les romances les plus applaudies par la société de la Monarchie de Juillet. Il est certain qu'à cette date la musique ne se séparait point de l'art du chant, et l'on ne peut nier que cet intransigeant parti-pris des mondains d'alors n'ait eu cet effet de laisser prendre, à Paris, sur les théâtres de la rue Favart et de la rue Lepelletier, un prodigieux essor au talent des virtuoses. Deschamps et ses amis ont applaudi des chanteurs qui possédaient une connaissance bien rare des ressources de la voix humaine, et pour tout dire, un style qui s'est totalement perdu[2]. L'amour du *bel canto*, poussé à l'extrême, peut être ridicule, mais les nobles traditions, le style dans l'art du chant, étaient de grandes choses qu'on a trop dédaignées depuis. Aussi bien, nous verrons qu'un dilettante comme Deschamps ne réservait pas son enthousiasme aux seules prouesses du *bel canto* et il lui est arrivé de se faire parfois de la musique une idée plus haute, moins sensualiste que celle que Stendhal avait préconisée. Le Romantisme, c'est-à-dire la poésie dramatique et pittoresque, un peu grâce à lui, s'est introduit dans l'opéra français. Il a contribué à faire représenter, après plusieurs dénaturations successives, le *Don Juan* de Mozart à peu près intégralement sur la scène française.

Les livrets d'opéra qu'il a composés sont un moment, si l'on peut dire, de l'histoire de ce genre, intermédiaire entre la musique et la

---

1. Stendhal déclare « qu'il abhorre tout ce qui est romance française. » *(Vie de Henri Brulard*, édit. Champion, II, 105), et p. 99 : « ... Le Français me semble avoir le *métalent* le plus marqué pour la musique... je n'ai jamais vu un beau chant trouvé par un Français... » Rameau lui-même lui paraît « barbare » *(Vie de Haydn*, lettre II).

2. Cf. *Le Temps*, 13 août 1912, art. de Pierre Lalo : *A propos de Don Juan.*

poésie. Niedermeyer, Meyerbeer même (et celui-ci, nonobstant l'alliance heureuse qu'il avait contractée avec Scribe) ont apprécié sa collaboration. Enfin, l'on ne doit pas oublier que, tandis que presque tous les Français de son temps ne juraient que par les Italiens, il applaudissait au Conservatoire, « dans cette citadelle du torysme musical », suivant l'amusante expression d'un musicographe anglais [1], avec un petit nombre de connaisseurs, Beethoven et les maîtres allemands de la symphonie [2]. Il considérait même cette musique comme celle de l'avenir, et la science orchestrale de Berlioz, si nouvelle, vraiment inouïe à cette date, ne le déconcertait pas. Nous avons voulu mettre en lumière la valeur intuitive du goût d'Émile Deschamps en musique. Qu'admirait-il déjà chez Meyerbeer, sinon l'habile adaptation à la mise en scène théâtrale et au goût romantique des procédés des maîtres de la symphonie ?

Émile Deschamps n'ignorait pas que l'esprit de la musique venait alors d'Allemagne, et qu'il n'y avait en France à son époque qu'un génial musicien, Berlioz. Il écrivit pour lui le livret de la symphonie de *Roméo et Juliette*. Qu'est-ce que Rossini lui-même et Meyerbeer auprès de Berlioz ? je crois que le fin connaisseur le sentait bien. Seulement il était la conciliation faite homme ; il connaissait l'esprit de son temps et n'était pas de ceux qui nient les obstacles. Il a doucement contribué à les aplanir ; il a délicatement insinué, dans les salons où il fréquentait, le culte des dieux nouveaux : on verra qu'il y fit chanter notamment les *lieder* de Schubert. Ses adaptations de librettiste, avec ce qu'elles permettaient au musicien d'oser et ce qu'elles l'obligeaient de ménager, sont de bien curieux témoignages du sens des transitions et des accommodements qu'il possédait au degré suprême, en mondain accompli qu'il était.

Il nous semble d'autre part que le dilettantisme musical d'Émile Deschamps a déjà le caractère essentiel de tout dilettantisme entendu en un sens plus général. La définition que M. Paul Bourget [3] a donnée de cette élégante attitude s'applique parfaitement à lui. « C'est, dit-il, une disposition d'esprit, très intelligente à la fois et très voluptueuse, qui nous incline tour à tour vers les formes les plus diverses de la vie et nous conduit à nous prêter à toutes ces formes sans nous donner à aucune. »

1. Grove, *Dictionary of music and musicians*, tome IV, p. 320.
2. Stendhal *(Vie de Haydn*, lettre II) : « Quand Beethoven... a accumulé les notes et les idées, quand il a cherché la quantité et la bizarrerie des modulations, ses symphonies savantes et pleines de recherche n'ont produit aucun effet. »
3. *Œuvres complètes de Paul Bourget. Critique. —* I. *Essais de psychologie contemporaine.* Paris, Plon-Nourrit, 1899, in-8°. *Étude sur Renan*, p. 42.

Ainsi l'aimable homme goûtait également en musique Meyerbeer et Cimarosa, Schubert et Donizetti, Rossini et Berlioz. Il n'était pas le prisonnier de ses admirations, et ne comprenait guère qu'on fût exclusif en une telle matière. « L'exclusion, disait-il, est le fléau des arts. » Et encore : « Il y a bon nombre de fanatiques du Conservatoire qui traitent fort cavalièrement l'opéra italien ; et en revanche bien des belles dames enthousiastes des virtuoses de la salle Favart, et qui s'ennuient bien franchement dans la salle de la rue Bergère. Pauvre humanité qui ne peut suffire à deux admirations [1]. »

Mais Émile Deschamps ne s'est pas contenté du plaisir d'apprécier en musique des beautés plus diverses que celles que, des années avant lui, il est vrai, Stendhal avait goûtées, et de renchérir ainsi sur l'auteur de la *Vie de Rossini* ; il a, comme d'ailleurs le maître des dilettantes de tous les temps [2], conçu le dilettantisme dans son sens le plus étendu, et, dépassant la musique, il s'est intéressé à tous les arts. Les peintres et les sculpteurs romantiques n'eurent pas de plus fervent admirateur.

« En ce temps-là, disait Sainte-Beuve, la peinture et la poésie étaient sœurs. » Nous allons constater en effet que peintres et poètes comprenaient le sens de l'évolution réciproque de leur art. Deschamps, dès 1819, tout en rendant hommage à l'école de David, célébrait l'originalité exquise de Prud'hon et prenait la défense du réalisme puissant de Géricault. S'il nous fallait encore une preuve de son éclectisme, nous la trouverions dans le culte qu'il rendait à deux génies aussi différents qu'Ingres et Delacroix. Deux grands artistes, d'autre part, tinrent à honneur de reproduire la physionomie charmante d'Émile Deschamps : l'un exposa son portrait au Salon de 1841, c'est Champmartin, et l'autre modela son médaillon, c'est David d'Angers.

> Fraternité des arts ! union fortunée !

ce vers de Joseph Delorme [3] fut comme le mot d'ordre de la généra-

---

1. É. Deschamps, *Œuvres complètes. Prose*, 2ᵉ part., p. 36.

2. Nous le verrons, en peinture comme en musique, dépasser les points de vue de Stendhal. Dans son salon de 1824, Stendhal ne rendra pas plus justice à Ingres ou à Lawrence qu'à Delacroix. Tandis qu'il porte aux nues Vernet et Delaroche, il écrit : « Il y a un *Massacre de Scio*, de M. Delacroix, qui est en peinture ce que les vers de MM. Guiraud et De Vigny sont en poésie, l'exagération du triste et du sombre... » Voir ses *Mélanges d'art et de littérature*, Paris, M. Lévy, 1867, p. 150. Stendhal revient un peu sur ce jugement expéditif à la page 180 : il n'aime pas le *Massacre de Scio*, mais il reconnaît que « Delacroix a le sentiment de la couleur ; c'est beaucoup dans ce siècle *dessinateur*. Il me semble voir en lui un élève de Tintoret ; ses figures ont du mouvement. »

3. *Poésies*, de Sainte-Beuve, Paris, M. Lévy, 1863, in-8º. *Le Cénacle*, p. 69.

tion romantique [1]. Peintres, sculpteurs, poètes, crurent soudain qu'ils avaient beaucoup à apprendre les uns des autres, et ce n'est même que de nos jours qu'on s'est pris à douter des bienfaits de cette fameuse union, de cette belle fraternité. M. Abel Hermant [2] refuse d'admettre ces prétendus bienfaits, il n'y voit qu'une illusion dont il rend responsable le Romantisme : « C'est de ce temps, dit-il, que date la confusion des arts et de la littérature. Elle n'a été heureuse ni pour les artistes ni pour les gens de lettres. Elle a même failli gâter l'esprit français, en faisant pénétrer dans le cabinet de l'écrivain la blague de l'atelier du peintre. Elle n'a pas servi aux peintres ni aux sculpteurs en les faisant penser par contagion, et aux poètes, en leur suggérant le goût de l'art pittoresque et des transpositions d'art. Elle nous a donné l'habitude étrange de réunir sous une même dénomination tous les créateurs de beauté les plus dissemblables, et par là même à déterminer les simples d'esprit... à considérer que l'humanité tout entière se divise exactement en deux classes, les artistes et ceux qui ne le sont pas, c'est-à-dire les bourgeois. »

Ces conséquences plus ou moins lointaines, en supposant qu'il fallût les condamner toutes, ne pouvaient êtres aperçues de ces esprits généreux qui s'efforçaient, chacun dans son domaine, de dompter la routine et de marquer fortement des œuvres nouvelles du signe de leur personnalité. Les arts, en dépit de la différence essentielle de leurs moyens d'expression, ont tout de même bien un fond commun et l'on ne peut pas faire un grief aux romantiques d'avoir vivement senti cette unité profonde. L'abus du pittoresque, d'autre part, n'en saurait cependant pas faire repousser l'usage, et quand on ne devrait aux transpositions d'art que l'expression raffiné des nuances les plus fugitives de la sensibilité et de l'imagination, il n'en faudrait peut-être pas médire [3]. — Si quelques écrivains ont laissé pénétrer dans leur cabinet d'étude la blague de l'atelier du peintre, cette critique n'atteint aucun des poètes de la grande époque romantique qui furent tous des hommes d'une urbanité exquise, Hugo, Vigny, les Deschamps, Gautier lui-même qui débuta comme un rapin dans la littérature, et finit dans la noble attitude

---

1. Cf. *Le Globe*, 4 nov. 1826, Vitet compare Delacroix à Victor Hugo, Ary Scheffer à Lamartine.

2. *Le Temps*, 20 février 1914, *Vie à Paris*.

3. Ce qu'il y a de meilleur dans le mouvement parnassien et presque tout le symbolisme s'expliquent par là. Émile Deschamps fut en définitive en plein romantisme un précurseur du Parnasse. Cf. notre étude intitulée : *Un bourgeois dilettante à l'époque romantique*.

pensive d'un nouveau Gœthe. Quant aux peintres et aux sculpteurs qui ne pensent que par contagion, je ne crois pas qu'une totale ignorance de la littérature eût favorisé leur génie. Il y a trop de gens qui se croient des artistes et n'ont aucune personnalité. Delacroix pouvait au contraire se nourrir des lectures les plus diverses et s'inspirer tour à tour de *Gœtz* et de *Faust*, de *Don Juan*, de *Mazeppa*, du *Giaour* et du *Romancero* espagnol ; ni Gœthe, ni Byron, ni le *Romancero* ne l'empêchèrent de demeurer Delacroix. En somme, les grands artistes ne s'inspirent véritablement que d'eux-mêmes, et ce n'est pas le dilettantisme qui gênera jamais le développement d'une grande personnalité. — Encore moins nuira-t-il à la culture du goût chez un homme qui, n'ayant pas le don de création, générateur des grandes œuvres d'art, a cependant l'intelligence qui est nécessaire pour les connaître et les aimer.

Émile Deschamps fut le type acccompli de ces délicates natures incomplètes. Le succès de ses glorieux amis, qu'il admirait plus qu'un autre, ne troublait point la sûreté du jugement qu'il portait sur lui-même. Il se connaissait parfaitement et se fixa en définitive un rôle proportionné à ses forces. Au milieu du xixᵉ siècle artistique et littéraire, il tint école d'admiration et demeura parmi les gens de lettres et les artistes de son temps ce qu'on appelait, dans l'ancienne France, un honnête homme. Ce dilettante qui a osé, comme poète, dans ce métier des vers qu'il connaissait si bien, tant d'heureuses initiatives et opéré quelques belles réussites, nous fait songer aux connaisseurs éclairés de la société d'autrefois, qui, sans se piquer de rien, appréciaient finement les ouvrages de l'esprit et avaient aussi le sentiment des arts [1].

1. Faut-il ajouter que, par la curiosité étendue de son esprit et cet amour pour tous les arts, peinture, musique et littérature, Émile Deschamps n'est pas sans rapport avec ce noble type de l'*humaniste*, tel que la Renaissance l'avait réalisé, tel que notre xixᵉ siècle réussit à le réaliser encore. Renan en serait bien le plus parfait exemplaire.

PREMIÈRE PARTIE

ÉMILE DESCHAMPS
ET LES ARTISTES DE SON TEMPS

Dans le 34ᵉ bulletin de la *Bibliographie de la France*, à la date du 21 août 1819, nous trouvons sous le nº 3067 l'annonce de l'ouvrage anonyme suivant :

Lettres à David sur le Salon de 1819. Par quelques élèves de son école. Première livraison. In-8º d'une fᵉ. Impr. de Pillet aîné à Paris. — Paris, chez Pillet aîné.

Cette notice est accompagnée des renseignements que voici :

« Cet ouvrage sera composé de vingt livraisons qui paraîtront à des époques rapprochées. Chaque livraison contiendra une feuille d'impression in-8º et une gravure au trait des tableaux les plus importants de l'exposition. Ces livraisons réunies formeront un volume de 360 pages, orné de 20 gravures. »

Les éditeurs ne purent sans doute pas réaliser intégralement ce programme. En tous cas la *Bibliographie de la France* ne mentionne que la publication des quatorze premières livraisons, et le recueil qui en fut fait la même année par l'imprimeur Pillet constitue un volume in-8º de 256 p. et non de 360, comme l'annonçait le prospectus.

Quels étaient les auteurs de cet important « Salon » ?

La tradition, autorisée par la *France littéraire* de Quérard et le *Dictionnaire des anonymes* de Barbier, veut qu'on l'attribue à quatre écrivains : Louis-François Lhéritier, Henri de La Touche, Émile Deschamps et Antoine Béraud.

1

Nous allons revenir à Latouche et à Deschamps. Mais il faut dire auparavant quelques mots des deux autres collaborateurs, dont les noms sont tombés dans l'oubli.

Louis-François Lhéritier, dit Lhéritier de l'Ain, était le fils d'un soldat de l'Empire. Peut-être protestant d'origine, il devait traduire de l'allemand une histoire de la Réformation ; en tout cas, pénétré de l'esprit du xviiie siècle, il écrivit, en collaboration avec Tissot, une histoire abrégée de la Révolution française. et attacha son nom dès le début de la Restauration à des publications dont les tendances bonapartistes n'étaient pas douteuses [1]. Auteur d'une *Epître à (M. J.) Chénier*, parue en 1812, il publia, en 1830, une *notice sur le célèbre violoniste Nicolo Paganini*. C'était donc une sorte de dilettante que ce journaliste que nous trouvons dès 1817 dans l'intimité d'Emile Deschamps et surtout d'Henri de Latouche qui préparait alors sa fameuse édition des poésies d'André Chénier. On sait que Latouche, à cette date. collationnait les manuscrits du grand poète, et qu'il allait, en les publiant, révéler un précurseur au romantisme naissant. Cela ne l'empêchait point de s'occuper en même temps du procès Fualdès qui passionnait alors l'opinion et d'en écrire l'histoire complète avec ce même Lhéritier, qui devait collaborer en 1819 à la composition des *Lettres à David*.

Antoine Béraud avait un caractère plus martial. Les arts et les lettres n'étaient pour lui qu'un pis-aller. Vétéran des guerres d'Italie, fait prisonnier à la bataille du Mincio par les Autrichiens et interné en Transylvanie, le capitaine Béraud s'était évadé ; mais, en 1814, il avait renoncé à la carrière des armes pour ne point servir les Bourbons. Pendant les Cent jours, il avait aussitôt repris du service et il s'était trouvé à Waterloo, sous les ordres du général Harlet, dans le 4e régiment des grenadiers de la Garde. Ce héros de Ligny et du Mont Saint-Jean, après la chute définitive de l'Empire, avait été mis en demi-solde, et depuis qu'il avait brisé son épée, il s'adonnait au dessin, composait des chansons patriotiques et faisait de jolis vers dans le goût de Parny et de Bertin. Ce futur directeur de l'Ambigu devait écrire d'innombrables mélodrames. Pour le moment, son goût décidé pour le théâtre et le tour spirituel et galant de son esprit le rapprochaient d'Emile Deschamps. Comme ses amis, il honorait David, autant par prédilection pour son art que pour ses opinions

---

1. Les *Fastes de la Gloire ou les Braves recommandés à la postérité*, publiés sous le nom d'une société de militaires et d'hommes de lettres, avec une collection de 50 gravures représentant des sujets militaires ou belles actions des guerriers français. Paris, 1818-1822.

politiques. Il avait composé même une ode en l'honneur du grand peintre exilé [1].

Le peu que nous savons de ces deux hommes ne nous permet pas d'évaluer la part qui revient à leur collaboration dans le compte-rendu du Salon de 1819. Il était intéressant toutefois de dire quelques mots de leurs origines, d'indiquer leurs tendances bonapartistes, avant d'aborder l'analyse d'un ouvrage de critique d'art, tout rempli d'allusions politiques.

Quant à Latouche et à Emile Deschamps, nous n'avons pas trouvé trace dans leurs œuvres de ce Salon écrit en collaboration [2]. Mais nous connaissons bien les deux amis. Nous savons ce qu'ils étaient capables de faire, quand ils unissaient leur verve. Ne nous suffit-il pas pour attribuer ce « Salon » aux auteurs du *Tour de faveur* d'y retrouver non seulement les marques de leur esprit, ce mélange heureux de malice et de bon sens, ce respect du grand art et ce goût des belles nouveautés qui les rapprochaient à cette époque, mais encore leurs opinions coutumières et leurs préjugés ? Tandis que les différences de leur nature, en les dirigeant bientôt vers des milieux opposés, n'allaient pas tarder à les séparer, ils s'unirent une dernière fois pour défendre les grands peintres de leur temps contre l'ignorance du public et les cabales de l'esprit de parti. C'était en effet une vraie cabale que les *ultras* organisèrent, au Salon de 1819, pour accabler Géricault. On voulut voir dans la fameuse scène de naufrage, inspirée au grand réaliste par la catastrophe récente de la *Méduse*, une manifestation contre le gouvernement de la Restauration [3] ; et d'autre part presque tous les critiques, au nom des principes de l'Ecole

1. Béraud s'intéressait assez sérieusement à l'histoire de l'art, puisqu'il eut l'intention de continuer le recueil consacré aux productions de l'Ecole française, par Landon, sous le titre d'*Annales du Musée*. Cette continuation, qu'il intitula : *Annales de l'Ecole française des beaux-arts...*, parut en 1827 et ne dura qu'un an.

2. Toutefois, dans une lettre adressée par Emile Deschamps à Sainte-Beuve, et dont l'enveloppe porte la date du 5 avril 1855, nous voyons que parmi les livres que le poète a prêtés au critique pour son étude sur Latouche, le *Salon-David* est cité. [Collection Lovenjoul.]

3. Un officier de marine, inexpérimenté, M. Duroy de Chaumareyx, avait été chargé par le gouvernement de la Restauration de conduire au Sénégal, rendu à la France par les traités de 1815, la petite colonie qui devait s'y installer. La *Méduse*, partie de l'île d'Aix, le 17 juin 1816, échoua sur le banc d'Arguin, à 40 lieues de la côte africaine. Une partie de l'équipage, réfugiée sur un radeau, erra pendant douze jours sur les flots. La plupart des naufragés périrent de froid ou de faim, et l'*Argus*, un des bâtiments chargés d'accompagner la *Méduse*, ne put recueillir qu'une quinzaine de ces malheureux, quand il retrouva leur trace. Cette catastrophe émut profondément l'opinion ; et le procès de l'officier coupable au moins d'inexpérience, souleva les passions politiques. L'esprit de

classique, les Delécluze, les Gault de Saint-Germain, les Duval, les Landon, les Kératry, s'appliquèrent avec une inintelligence égale à compromettre le succès du chef-d'œuvre [1]. On sait que sur ces entrefaites Géricault désespéré, et d'ailleurs proche de sa fin, se retira en Angleterre.

Henri de Latouche, qui faisait depuis quelques années le compte rendu du Salon dans le *Constitutionnel,* où il avait en 1817 salué le début éclatant du jeune David d'Angers, s'adjoignit sans doute cette année-là Béraud, Deschamps et Lhéritier pour défendre Ingres et Prud'hon, et pour venger Géricault. Les critiques, comme nous allons le montrer, appréciaient la peinture avec autant de finesse que l'art des vers, et puisque c'est Emile Deschamps surtout qui nous intéresse, il n'est pas inutile de constater, dans l'histoire d'un poète romantique, les relations qui l'unissent avec les artistes.

D'autres, comme Th. Gautier et Musset, à partir de 1830, fréquenteront autant d'artistes que de poètes. A cette date, il est vrai, l'alliance entre les différents arts est accomplie. On s'aperçut pendant la bataille qu'on avait les mêmes adversaires, et quand l'esprit de vie et le grand souffle d'individualisme, qui anima, de 1820 à 1830, toute une génération d'écrivains et d'artistes, eût triomphé de la routine et créé une conception nouvelle de la Beauté, un autre pittoresque, un autre style, on reconnut que poètes, sculpteurs et peintres, avaient un idéal commun de liberté ; mais vers la fin de l'Empire, dans les premières années de la Restauration, cet idéal déjà pressenti était encore vague, et l'on travaillait séparément. Victor Hugo ne tarda pas à fréquenter Louis Boulanger et Eug. Delacroix [2], mais, en 1825, il fera faire son portrait par Alaux, ce qui n'est pas l'indice d'un goût excentrique, et dans le *Conservateur littéraire,* en 1821, il fait l'éloge de la *Jeune Chasseresse* d'un raisonnable élève de Guérin, le classique Léon Cogniet [3]. Le goût d'Emile Deschamps et d'Henri de Latouche, en 1819, va nous sembler singulièrement plus neuf et avisé.

Ce n'est pas qu'ils apparaissent dès lors comme des révolution-

parti s'en mêla, et le jugement du Conseil de guerre, qui le condamna à 3 ans de prison et à la destitution, satisfit à peine ceux qui avaient profité de cette malheureuse affaire pour accuser le gouvernement d'imprévoyance et de favoritisme.

1. Cf. Léon Rosenthal, *La Peinture romantique,* Paris, May, 1900, livre II, ch. I. La Bataille, p. 83.

2. Cf. *Victor Hugo raconté,* II, LI, Amis ; et *Lettre à Adèle Hugo,* le 21 mai 1825, dans la *Correspondance,* p. 234.

3. Souriau, *La Préface de Cromwell,* Paris, 1897, in-8°, p. 61.

naires en matière artistique. Il s'en faut de beaucoup. Ils commencent
par établir qu'ils respectent la tradition et les principes de la grande
Ecole de l'Empire, et même donnent à leur compte rendu la forme
d'une série de lettres adressées à Louis David, le chef de l'Ecole dite
impériale et le théoricien du classicisme artistique [1]. David, conformément à la loi d'amnistie du 9 janvier 1816 qui excluait de cette
mesure les régicides, était en exil. Nos critiques frondeurs ne pouvaient manquer cette occasion de manifester leur sympathie pour
une victime de l'intolérance royaliste, et, protégés par le voile de
l'anonyme, l'ancien officier d'ordonnance du général Daumesnil
et ses amis ne ménagent pas leurs épigrammes.

Frappés de l'invasion des toiles religieuses, qui sont presque
toutes des commandes de l'Etat, ils raillent, sans le nommer, cet
enthousiaste « qui veut persuader qu'au Salon il se croit à l'Eglise »
et volontiers demanderait « qu'on mette un bénitier à la porte, et
qu'on fasse en entrant le signe de la croix ». Tous les développements
qu'ils consacrent à la question de la peinture religieuse ont perdu
pour nous de leur à-propos.

Mais il s'était élevé sur cette question, à partir de 1815, de véritables controverses. C'était l'époque où le gouvernement faisait à
grands frais décorer les églises, et tandis que l'on constatait la dimi-
nution des sujets empruntés à la mythologie, les sujets tirés de
l'Histoire sainte rivalisaient au Salon avec ceux qu'inspirait un
moyen-âge envahissant. Emile Deschamps et Latouche se raillent à
bon droit de cette foule de saints et de martyrs ; ils ne se rendent

---

1. Lettres à David. Treizième lettre, p. 83. — Il est dommage que l'esprit
voltairien de nos critiques et leur finesse ne les aient pas prémunis contre le
mépris du xviiie siècle, « « du temps où les Boucher, les Lagrenée et les Vanloo
étaient les coryphées de l'Ecole ». Il fallait que le prestige de David fut bien grand
pour que, dans un Salon auquel a collaboré Emile Deschamps, on condamnât
l'art du xviiie siècle par les épithètes d'*affecté* et de *frivole*, et qu'on le qualifiât
sans indulgence de « marivaudage de la peinture ». Voir sur ce sujet la page 46
et d'autre part consulter la page 56 où ils rendent au contraire hommage à la
sculpture du xviiie siècle, toujours sous l'inspiration de David : « Nous ne sommes
plus au temps des Chaudet, des Moitte, des Pajou, des Houdon, des Julien, des
Roland, des Dejoux, des Boisot, au temps où cette réunion d'artistes illustres
répandait une si vive lumière sur notre école, mais nous citons encore avec
orgueil les noms des Dupaty, des Bosio. » Non seulement ils louent la statue de
Biblis de l'un et la *Salmacis* de l'autre, mais ils apprécient avec goût le délicieux
Narcisse de Cortot et sa *Pandore*. Les qualités qu'ils apprécient en général chez
les sculpteurs, ce sont la pureté des formes, la délicatesse du modelé, c'est avant
tout « la pose, facile et gracieuse » qui « a permis... de développer des lignes d'une
suavité parfaite. » (p. 56). Enfin ce qu'ils admirent chez un sculpteur, ce sont les
qualités qui permettent de s'écrier devant son œuvre : « C'est du Canova tout
pur ! » — Cf., p. 90, anecdote sur le *Télémaque* de Marin.

pas compte que l'invasion des mérovingiens et des troubadours n'était pas moins divertissante. Mais la peinture d'histoire était à la mode : un sentiment poétique ne semblait guère pouvoir s'exprimer à cette date en dehors d'un cadre historique, et nos critiques, comme les hommes de leur temps, étaient épris du moyen-âge.

D'autre part (et c'est là que se manifeste sans doute l'influence d'Antoine Béraud, l'ancien capitaine du régiment des grenadiers de la garde) ils profitent de la nomination récente du comte de Forbin à la Direction des Beaux-Arts, que naguère occupait Denon, pour lui demander compte des grandes toiles historiques de l'Empire : « N'est-il pas surprenant, écrivent-ils à David [1], que les batailles d'Austerlitz, d'Eylau, de Marengo, l'hopital de Jaffa, le pardon aux révoltés du Caire, la réception des clefs de Vienne, et vos tableaux, mon cher maître, soient voilés à nos regards, sous prétexte qu'ils attestent de grands talents et rappellent toute la splendeur de nos armes ? » Des traits de cette espèce sont inspirés par la passion politique [2]. Il y en a quantité d'autres, plus désintéressés au cours de ces lettres, et qui sont des modèles de bonne plaisanterie. Mais les auteurs ne plaisantent pas toujours, et, quand ils se déclarent partisans de l'Ecole de David, ils sont le plus sérieux du monde.

Ils ne distinguent aucunement chez David l'admirable peintre du théoricien systématique, et l'applaudissent d'avoir découvert dans l'*antique* tout cet ensemble abstrait de conceptions idéales qui va dominer l'Ecole de peinture et constituer bientôt le plus terrible obstacle au développement de l'individualité artistique. David,

---

1. *Lettres à David.* Lettre première, p. 5. — Lire aussi les lettres 6 et 9, où ils criblent d'épigrammes le tableau d'*Inès de Castro*, exposé par le comte de Forbin.

2. Le plus partial des quatre collaborateurs était sans doute Antoine Béraud, qui dans son ode : *A Louis David, peintre*, Paris, A. Eymery, 1821, laissera paraître un assez vif parti-pris antiroyaliste et même antichrétien :

Après 10 strophes consacrées à la gloire de la Révolution et de celui qui fit trembler les rois, il déplore la chute de César, et adresse des consolations à David exilé :

> Eh ! qui peut au génie arracher sa couronne ?
> Les tyrans l'ont proscrit ; leur fureur l'environne...
> Il règne dans l'exil, il règne dans les fers.

Béraud oppose les grandes œuvres de David, peintre d'histoire, aux tableaux inspirés par la renaissance catholique :

> Laissons au Vatican, à ses splendeurs austères,
> Anges, démons, martyrs, miracles et mystères,
> Et saints, et croix sanglante, ornemens des autels.
> Prêtres, si vous cédez à la raison des sages,
> Dans le temple des arts, n'offrez plus ces images
> Au doute des mortels.

qui prétendait enseigner à des peintres, n'avait aucun souci de la
couleur, et comme un sculpteur, n'appréciait que les belles formes.
Or, Emile Deschamps et ses amis, au lieu de dénoncer le paradoxe
du théoricien, félicitent le grand homme du mauvais service qu'il
rendit à ceux de ses élèves, qui étaient plus capables d'appliquer ses
leçons que de suivre ses exemples : « Ses maîtres, ses émules, ont pu
sentir, comme lui, les beautés de l'antique, mais nul ne les a mieux
rendues. C'est lui qui, le premier peut-être de tous les peintres, a
su poser sur la toile ces formes pures des statues grecques, en leur
donnant la vie qui leur manque [1]. » En tout cas, ils rendaient en ces
termes un juste hommage au mérite éminent du grand peintre
idéaliste, et ce qu'il faut admirer, c'est qu'ils se montrèrent également
ment sensibles au tempérament d'un peintre tout à fait différent,
aux géniales qualités de Géricault, le promoteur du réalisme dans
la peinture moderne.

Après avoir décrit avec complaisance la fameuse scène du *Naufrage*,
ils ajoutent : « L'ensemble de cette composition tragique inspire la
terreur et la pitié ; elle est pleine de verve et de mouvement. La teinte
en est chaude, et indique le premier jet d'une heureuse inspiration.
Le dessin est d'un grand caractère, il est hardi, vigoureux... » Après
avoir fait quelques réserves sur la couleur dans ce tableau, ils se
gardent bien de conclure que Géricault n'est pas coloriste. En dépit
des critiques qu'ils adressent à ce chef-d'œuvre d'improvisation, ils
ne refusent pas à Géricault ce don de la couleur, « cette qualité,
disent-ils justement, qui, dans l'état actuel de notre école, est devenue
indispensable. » Enfin, ils prennent, en concluant, hardiment parti
pour le peintre.

« En somme, cet ouvrage décèle un beau talent qu'il était utile
d'éclairer. Il porte un caractère d'originalité qui appelle la critique,
mais il est loin de mériter les attaques dont la mauvaise foi et l'esprit
de parti l'ont rendu l'objet. Ceux de nos journaux, qui ont trouvé
dans les convenances que M. Gros montrât auprès de la duchesse
d'Angoulème des bateliers presque nus, ont demandé des vêtements
à ces pauvres naufragés : ils ont voulu savoir avant de s'attendrir
sur leur sort, s'ils étaient Grecs, Romains, Turcs ou Français. Qu'importe ! c'est un naufrage et c'est de la peinture, et pour que ces
images nous révélassent l'intérêt particulier qu'elles inspirent, nous
n'avions pas besoin de la mauvaise humeur des *ultras* et des précautions du jury qui a effacé le nom de la *Méduse* de son livret. » *(Lettres*

---

1. *Lettres à David*, deuxième lettre, p. 9.

à David, 8e lettre, p. 52). Emile Deschamps et ses amis, en écrivant cette page, tinrent le langage de la postérité [1].

On peut en dire autant de leurs éloges de Prud'hon et d'Ingres.

Pour apprécier la valeur de leur jugement, il faut savoir, par la lecture des critiques contemporains, à quelles aberrations pouvaient conduire les préjugés des hommes, dont le goût s'était formé, sous la Révolution et l'Empire, aux leçons de David. Ainsi déjà, lors du Salon de 1818, Jal s'emportait contre un chef-d'œuvre de Prud'hon : *La Justice et la Vengeance*. Il en déclarait le spectacle « dangereux » aux peintres, et « capable d'étouffer les principes du goût et de ramener à l'enfance de l'art [2]. » — En 1819, il ne peut souffrir l'*Assomption de la Vierge* que le peintre expose au Salon, et s'il essaie assez maladroitement de comparer Prud'hon à Chateaubriand, c'est pour conclure qu'ils préparent l'un et l'autre une décadence artistique et littéraire. — Quant à Ingres, il est accusé depuis 1806 de faire rétrograder l'art. Son *Odalisque*, en 1819, déchaîne un véritable orage. Emeric Duval fulmine contre lui dans le *Moniteur* [3] ; et Kératry, dans l'*Annuaire* [4], discute même sa science du dessin, la seule supériorité qu'on lui reconnaisse.

Ouvrons maintenant *Les Lettres à David*.

On y respire une autre atmosphère ; l'intelligence qui juge reste sensible à l'admiration et ne résiste pas au charme du génie. Il nous semble en effet qu'on ne puisse approcher de Prud'hon sans reconnaître l'enchanteur, et c'est l'aveu que font Deschamps et ses amis, quand ils parlent de ce rare artiste. « Il vient, disent-ils, d'exposer un tableau de l'*Assomption de la Vierge*. Il a développé dans ce sujet osé tous les attraits de la jeunesse et de la nouveauté [5]. » Puis, ils décrivent avec grâce le rêve de beauté féminine et céleste que représente le délicieux tableau, et s'écrient : « Nous croyons que cette composition n'est pas exempte de défauts, mais nous l'avouons, séduits par son effet, nous ne nous sentons pas le courage de les rechercher [6]. » Il fallait beaucoup de finesse et d'ironie pour oser en 1819 ce joli trait de critique *impressionniste*, et, comme s'ils craignaient de nuire à Prud'hon en paraissant céder uniquement devant ses œuvres aux

1. Cf. *Revue bleue*, 25 oct. 1919. Géricault novateur au Salon de 1819, par Raymond Bouyer.

2. Jal, *Mes visites au Luxembourg*. En 1818, il attaque en particulier Prudhon. En 1819, il écrit : *L'Ombre de Diderot*, voir contre Prudhon, p. 209.

3. Emeric Duval, *Moniteur* du 12 oct. 1819.

4. Kératry, *Annuaire*, 1819.

5. *Lettres à David*, dix-neuvième lettre, p. 132.

6. *Ibid.*, p. 133.

prestiges adorables de sa fantaisie, ils font aussitôt l'éloge des qualités sérieuses du maître : « Après avoir rendu justice aux créations idéales de Prud'hon, on pourrait croire qu'il voit tout à travers le prisme de son imagination ; s'il s'élevait quelque doute sur son respect pour l'imitation de la nature, l'examen de ses portraits convaincra que la poésie de l'art, qui est un mensonge, peut se concilier avec la vérité qui est le but de la peinture [1]. »

Ce respect de la nature et de la vérité, c'est précisément ce que les jeunes critiques admirent chez Ingres, cet autre artiste tant discuté, et ce n'est pas leur moindre mérite d'avoir su reconnaître chez lui le créateur d'un *style*. Ils ont remarqué la malveillance du public envers son *Odalisque* et la combattent. « Cette figure dont la pose rappelle la maîtresse de Philippe II par Titien est dessinée d'un grand style, disent-ils, et la tête offre des beautés frappantes [2]. » Si la couleur, chez Ingres, ne les séduit pas, ils lui accordent une singularité digne d'éloges ; pendant toute sa carrière, cet original artiste, soucieux comme David d'idéalité, mais avec moins d'esprit systématique, cherchera, sans toujours l'atteindre, l'union de la beauté et de la vérité dans l'art. Bien qu'il fût le moins romantique des hommes et des peintres, la violence continue de ses adversaires, les classiques intransigeants, lui vaudra la sympathie des poètes. Vigny, dans *Stello*, fera un éloge enthousiaste de l'*Apothéose d'Homère*, et les deux frères Deschamps lui resteront toujours fidèles.

Tel est, dans ses parties vraiment saillantes, ce compte rendu du Salon de 1819 auquel collabora Emile Deschamps. Nous ne disons rien des pages excellentes qu'on y trouve consacrées aux œuvres des peintres alors en grand renom : le *Retour de la duchesse d'Angoulême à Bordeaux*, de Gros ; le *Gustave Wasa*, d'Hersent ; les *Capucins*, de

---

1. *Ibid.*, p. 134.

2. *Lettres à David*, onzième lettre, p. 72. — A la page 74, nous lisons ce jugement très fin sur l'originalité d'Ingres : « Ingres a conçu l'harmonie d'une tout autre manière que les modernes ; elle n'existe point pour lui dans les détails ; toutes les formes sont purement dessinées, mais elles ne tournent point. Il est l'opposé de ceux qui croient que cette même harmonie consiste dans le vague des contours. Cette mollesse est un excès et finit par atténuer tellement les formes que celles qui doivent être les mieux prononcées deviennent sans consistance... »

Même intelligente finesse dans les jugements portés sur des artistes aussi différents que Picot, p. 81, dont la gracieuse représentation de l'*Amour quittant Psyché* les a enchantés, et Boilly, p. 82. L'*Entrée au Spectacle* les a frappés par son réalisme piquant : « Où se passe cette scène ? sur le boulevard du Temple ; Boilly nous y a transportés. Ce petit tableau est plein de vérité, d'expression et de naturel. »

Granet : la *Galatée* [1]. de Girodet, celui qu'on appelait « le premier peintre du siècle », les nombreuses toiles d'Horace Vernet, que l'on jugeait alors « le plus français des peintres » (cf. la 16ᵉ lettre, p. 97), son *Massacre des Mamelucks* et le *Dévouement des bourgeois de Calais* d'Ary Scheffer. Toutes ces œuvres, à l'exception de la mythologique *Galatée*, de Girodet, qui planait au-dessus des critiques, attestent l'engouement d'une époque pour la peinture d'histoire; et ce n'est pas un romantique comme Emile Deschamps, qui pouvait s'en plaindre. Dans un dialogue supposé (p. 84 et sq.) entre l'*Enthousiaste* qui veut que l'on impose aux artistes des sujets empruntés aux Livres saints, et un *amateur* derrière lequel se cachent nos critiques, nous entendons celui-ci revendiquer le droit, pour les artistes, de rester maîtres du choix de leurs sujets, et, tandis que son interlocuteur s'écrie : « Le Christianisme seul est inépuisable, le génie n'est que là », l'amateur, qui ne prétend pas « charger les peintres de notre salut », leur recommande simplemnet l'étude de l'histoire : « S'il faut de grands sujets pour exercer le talent des peintres, ne sont-ils pas dans l'histoire ? » L'Histoire est, à l'époque de la Restauration, la forme où se coulait presque inévitablement tout sentiment poétique [2], et cette mode qui s'imposera à l'imagination des poètes, nous ne pouvons manquer de constater qu'elle domine les peintres. C'est elle, c'est le prestige du passé qui donne à la représentation de la vie humaine cette forme idéale, sans laquelle il n'est point de beauté pour les Romantiques. Constatons-le, en lisant le Salon d'Henri de Latouche et d'Emile Deschamps, afin de bien comprendre un des caractères essentiels de leur goût, et pour le distinguer en même temps du nôtre. C'est ainsi que cette page de Mæterlinck nous permettra de mesurer la distance qui nous sépare d'Emile Deschamps et de ses contemporains.

« Un bon peintre, dit Mæterlinck, ne peindra plus Marius vainqueur des Cimbres ou l'assassinat du duc de Guise, parce que la psychologie de la victoire ou du meurtre est élémentaire et exceptionnelle, et que le vacarme inutile d'un acte violent étouffe la voix profonde, mais hésitante et discrète des êtres et des choses. Il représentera une maison perdue dans la campagne, une porte ouverte au bout d'un corridor,

---

1. La page sur Galatée (p. 177) est suffisamment enthousiaste. Peut-être les critiques admirent-ils trop Girodet en tant qu'élève de David, et ne sentent-ils qu'imparfaitement ce que son imagination avait de rare, de symbolique. Ne voit-on pas aujourd'hui en Girodet le précurseur non seulement d'Ingres lui-même et de Chassériau, mais de Gustave Moreau et de Desvallières ? Voir au Louvre (cabinet des dessins) la suite de ses compositions sur Héro et Léandre.

2. Elle était cela depuis la fin du xviiiᵉ siècle. En 1792, André Chénier se faisait, dans une dissertation sur la peinture d'histoire, le théoricien de l'Ecole de David.

un visage ou des mains au repos... et ces simples images pourront
ajouter quelque chose à notre conscience de la vie : ce qui est un bien
qu'il n'est pas possible de perdre [1]. »

Ainsi évolue dans l'histoire des arts la sensibilité humaine : aujoud'hui le mysticisme est à la mode ; autrefois l'histoire était nécessaire
à l'élaboration du plaisir esthétique. Au demeurant, ce sont des langages à travers lesquels s'expriment successivement les générations.

Avant de quitter définitivement les peintres, nous dirons encore
quelques mots des relations qu'Emile Deschamps entretint au cours
de sa vie avec certains d'entre eux.

*
* *

Nous n'avons aucun témoignage écrit, attestant que les artistes
fréquentèrent, comme les poètes, le salon de la rue Saint-Florentin et
celui de la rue de La Ville-l'Evêque. Mais ceux qu'Emile Deschamps,
surtout en pleine effervescence romantique, rencontrait tous les
jours chez Ch. Nodier ou chez V. Hugo, les Boulanger, les Nanteuil,
les Tony Johannot, les Deveria devaient être ses familiers [2].

« Les peintres novateurs étaient nos frères. » Cette parole de
Sainte-Beuve, dans les *Portraits contemporains*, est surtout vraie
de Louis Boulanger et d'Eugène Devéria. L'auteur de *Mazeppa* et
celui de la *Naissance de Henri IV* ont été célébrés par les poètes.
Louis Boulanger, auquel Antoni Deschamps a dédié un bel éloge de
Véronèse, offrit aux deux frères une de ses médiocres compositions,
que l'on honorait alors de trop d'éloges. Cette œuvre, gravée par
F. Delanoy, est placée en tête des Poésies d'Antoni dans l'édition des
Poésies d'Emile et d'Antoni Deschamps, qui parut l'an 1841, en
1 vol. in-8º, chez H. L. Delloye.

L'illustration romantique des romances du temps, dont Emile
Deschamps écrivit les paroles, est encore une preuve indirecte de
ses relations avec les artistes : de nombreuses vignettes, gravées en
tête de ces poèmes, portent la signature d'A. Devéria et de Gavarni.
Le billet suivant de Gavarni, que nous avons trouvé dans la correspondance inédite de E. Deschamps, conserve le souvenir de cette
collaboration [3] :

1. Mæterlinck, *Le Trésor des humbles*, IX. Le tragique quotidien.
2. Léon Rosenthal, *La Peinture romantique*, Paris, 1900, in-4º. Cf. p. 278, le
· chapitre concernant la littérature et la peinture romantiques.
3. Inédit. Collection Paignard.

« Monsieur. Mes images sont à l'imprimerie depuis quelques jours déjà. Quand j'aurai des épreuves, j'irai vous les soumettre. — Ce sera ces jours-ci, je l'espère. — Je regrette de n'avoir pu les achever plus tôt. Je crains d'avoir pris les sujets un peu trop *à ma façon*. — Vous verrez — ce qui ne vous plaira pas sera refait.

« Adieu, Monsieur. Mon talent sera toujours le très humble serviteur du vôtre.

« GAVARNI.

« Dimanche ».

Si nous sommes réduits à des conjectures en ce qui concerne les relations d'Emile Deschamps avec les Devéria et Louis Boulanger, il n'en est pas de même pour d'autres artistes, dont quelques-uns sont parmi les plus grands maîtres de l'Ecole nouvelle. Je ne dis pas cela pour Claudius Jacquand, peintre médiocre, qui fut un ami du poète, ni même pour Champmartin, qui eut d'ailleurs un grand talent, mais pour Ingres, pour David d'Angers et pour Delacroix.

Nous retrouvons le témoignage des relations d'Emile Deschamps avec tous ces artistes dans sa correspondance et dans ses œuvres.

Claudius Jacquand, peintre d'une fécondité déplorable [1], a exposé aux Salons, presque sans interruption, de 1824 à 1875. Elève de Fleury Richard, il appartient à cette Ecole lyonnaise qui entreprit plus obstinément qu'aucune autre de découper en vastes scènes colorées le moyen-âge et l'histoire. Peintre obsédé d'idées littéraires, il donne à chacun de ses tableaux un aspect mélodramatique, qui, de nos jours, a cessé de plaire. Il a emprunté plusieurs de ses sujets au *Cinq-Mars* d'A. de Vigny, et remporta un grand succès en 1837 avec une toile représentant une scène tirée de Lamartine : *Jocelyn aux pieds de l'Evêque*. Nous avons vu dans l'Album [2] de Mme Emile Deschamps une esquisse de lui représentant la *Fuite du Roi Rodrigue*, que lui inspira le *Romancero* d'Emile Deschamps.

Ainsi rois, chevaliers, troubadours et mousquetaires, défilent dans ses œuvres ; mais les moines eurent ses préférences, et c'est le peintre des moines qu'Emile Deschamps eut l'occasion de célébrer un jour dans une pièce de vers qui veut être un éloge, et qui le fut sans doute, en 1840, quand elle fut écrite. Malheureusement pour nous, qui regardons ces tableaux avec d'autres yeux que ceux de nos grands-pères, elle nous apparaît presque comme une satire involontaire de cette mode des tableaux d'histoire qui sévissait à l'époque romantique et dont les toiles de Jacquand sont les « poncifs ». Il s'agit d'un tableau

---

1. Né à Lyon le 6 déc. 1805, mort à Paris en juin 1878.
2. Conservé par Mme L. Paignard au château du Rocher, à Savigné-l'Evêque (Sarthe).

intitulé l'*Aveu*, qui avait inspiré à un poète italien, M. Regaldi [1], un éloge enthousiaste. Emile Deschamps traduit cet éloge en vers français.

Ces vers mettent sous nos yeux la scène représentée par Jacquand et qu'on croirait empruntée à quelque mauvais mélodrame. Elle n'est d'ailleurs que l'expression naïve d'un aspect vieilli de l'imagination romantique.

Le poète s'adresse au peintre :

> Claudius, ton pinceau, trempé des saints mystères,
> Emporte mon esprit dans les vieux monastères,
> Et lui montre Infamie, Amour et Piété. —
> Fulgence est assis là sur une informe pierre :
> La Bible, le cilice offrent à sa prière
> La paix du ciel, trésor loin du monde abrité.

Le moine ermite reçoit la confession d'un moine dévoré de remords :

> Un frère du couvent s'approche plein de crainte :
> La colère de Dieu sur ses traits est empreinte.
>
> . . . . , ...
>
> Pâle et sans pouvoir dire un mot, il se prosterne ;
> Il attache au pavé son œil sanglant et terne,
> Ses ongles convulsifs mordent ses bras croisés...

Il confesse que prêtre il a aimé une de ses pénitentes :

> « Confesseur, j'entendis les aveux de la femme.

Il raconte leurs amours, comment il devint père et... meurtrier, comment il est poursuivi maintenant par les ombres de ses deux victimes.

> « Mon secret orageux déborde de mon cœur !
> « La cellule, l'autel, ma parole confuse,
> « La voix du ciel, la voix des morts, ah ! tout m'accuse !
> « Pitié !... je me repens devant le Dieu vainqueur...
> « Grâce !... »

1. A propos de Regaldi, voir dans les *Recueillements poétiques* (édit. Hachette, 1888, p. 335), ce quatrain que lui a dédié Lamartine :

> Tes vers jaillissent, les miens coulent :
> Dieu leur fit un lit différent.
> Les miens dorment, et les tiens roulent.
> Je suis le lac, toi le torrent.

Joseph Regaldi (1809-1883) fut surtout un improvisateur. Poète très considéré à son époque, nous dit-on, il est encore cher aux Italiens à cause de son amour enthousiaste pour sa patrie. Il avait dédié à Lamartine un poème intitulé la *Solitude*.

> Mais Claudius, à quoi servent ces rimes ?
> Tu fais dire au pinceau des histoires sublimes,
> Des histoires de pleurs que tous répèteront.
> De son trône descend la blanche Poésie :
> Elle admire longtemps ta palette choisie,
> Et du laurier delphique elle entoure ton front [1] !

« Ces *histoires de pleurs* » sont tombées justement dans l'oubli, et l'on regrette que les éloges que leur décerne E. Deschamps ne s'adressent pas au talent supérieur d'un de ses compatriotes, Champmartin, qui fit son portrait.

Callande de Champmartin, né à Bourges, le 2 mars 1797, entra à l'Ecole des Beaux-Arts en 1815 et fut l'élève de Guérin, mais il y avait en lui l'étoffe d'un maître. L'Orient, où il fit un voyage, l'attacha de bonne heure : il était allé, comme Deschamps, y chercher du pittoresque et de la couleur. On admira au Salon de 1827 son tableau : L'*Affaire des Casernes*, et le graveur Henriquel-Dupont exposait, d'après lui, en 1831, un remarquable portrait de *Hussein Pacha*. Sa réputation était considérable sous la monarchie de juillet. « Appelez-vous Delacroix ou Champmartin ! » lisons-nous dans l'*Artiste* (1831, t. II, p. 28). Eugène Devéria, en 1853, écrivait : « Géricault était mort, laissant deux héritiers de ses traditions : Eug. Delacroix et Champmartin (cité par Alone : *Devéria*, p. 16); et G. Planche, dès 1833, ne craint pas de mettre Champmartin, comme portraitiste, au même rang que Ingres. S'il admirait non sans réserves le portrait de M. Bertin qui fut envoyé par Ingres au Salon de 1833, il ne jugeait pas indigne d'une critique aussi attentive le portrait du *baron Portal*, exposé la même année par Champmartin. Ce peintre, à qui l'on doit d'excellents portraits de Louis-Philippe, du duc d'Aumale, exposa au Salon de 1840, avec les portraits de Henriquel-Dupont, d'Eug. Delacroix, de Jules Janin, celui d'Emile Deschamps. Nous ne pouvons évidemment pas discuter l'assertion de Planche qui a connu le poète et qui prétend que le portrait n'est pas assez ressemblant : « M. Emile Deschamps, écrit-il dans son Salon de 1840, offre un mélange de politesse et d'ironie que nous ne retrouvons pas dans son portrait [2] ». Peut-être la douceur exquise d'Emile Deschamps, sa bienveillance sont-elles empreintes sur ce visage plus encore que l'ironie. Mais un peintre a le droit d'interpréter son modèle : il le représente comme il le voit, et ce qu'il a vu, c'est la physionomie d'un homme

1. *Poésies* d'Emile Deschamps, Paris, 1841, p. 101.
2. *Etudes sur l'Ecole française* (1831-1852). *Peinture et sculpture*, par Gustave Planche. Tome II, Paris, M. Lévy, 1855, In-18, p. 161.

du monde en qui se reflète une âme ingénieuse et tendre. Voilà ce que
révèlent ce front aux lignes si pures, encadré de cheveux bruns et le
sourire des lèvres fines qu'on dirait parlantes, et le doux regard
malicieux des yeux un peu bridés. Cette vivante image d'un homme
d'esprit et de bonté, à quarante-cinq ans, fait le plus grand honneur
au peintre qui l'a conçue, dans des circonstances que nous connaissons
et qui sont charmantes. Le poète allait poser dans l'atelier du peintre,
et comme si ce n'était point assez de la conversation de ces hommes
d'esprit pour donner à la physionomie du poète mondain la grâce
parfaite et son charme accompli que désirait atteindre le peintre, ils
souhaitèrent la présence des dames et le complément de la musique.
Emile Deschamps écrivit alors à la femme d'un de ses amis, Mme Alix
de La Sizeranne, qui était musicienne, le joli billet suivant :

Madame,

Voilà que M. Champmartin me demande ma tête pour demain mardi
à midi ! Vous savez que l'opération, pour être aussi agréable qu'elle
serait pénible, a besoin de se consommer devant vous. Nous sommes
donc, peintre et poète, à vos pieds, vous rappelant l'espoir que vous
m'avez donné. Si donc le même esprit de charité vous anime toujours,
Aglaé vous attendra demain, chez elle, un peu avant midi et nous par-
tirons ensemble pour l'atelier. Ce sera l'affaire de peu de temps [1].

L'admiration d'Emile Deschamps pour Ingres remonte, nous le
savons par le Salon de 1819, aux premières années de la Restauration. Il fut, ainsi que son frère, parmi ses plus constants défenseurs.
Antoni s'adresse au grand artiste, si discuté, en ces termes :

> Maître au savant pinceau, toi, dont la pureté
> Dans l'Odalisque nue a peint la chasteté...
>
> . . . .
> Tu vis les hommes froids dédaigner tes tableaux
> Et tu voulus alors jeter là tes pinceaux.
> Tu ne t'es pas trompé, non, fils de Raphaël,
> Si l'art fut toujours saint, et si ton bras sévère
> A toujours de son temple écarté le vulgaire,
> Tu ne t'es pas trompé...

Et il ajoutait : Tout poète

> ... te nomme le maître à l'art franc et sincère,
> Le peintre de Virgile et le peintre d'Homère [2].

Emile Deschamps, plus enthousiaste encore, au sortir d'une expo-

1. Collection Paignard.
2. *Poésies* d'Antoni Deschamps, 1841, p. 21.

sition des œuvres du peintre, où sa puissante originalité a fait taire
les envieux, lui dédie un assez beau poème, intitulé : *Similitude*,
symbole heureux de la carrière difficile d'un artiste qui dut conquérir
pied à pied le succès :

> Quelquefois le soleil, quelquefois le génie,
> Ces frères radieux naissent dans les brouillards.
> Parce qu'ils sont voilés et captifs, on les nie.
>
> . . . .
>
> Leur vol n'hésite pas cependant, car ils savent
> L'un, qu'il est le génie, et l'autre, le soleil.
> Bientôt l'immensité de leurs feux se colore.
> Ces obstacles jaloux, où sont-ils maintenant ?...
> Ceux qui jetaient l'insulte à la douteuse aurore
> Exaltent de plus bas leur midi rayonnant.
>
> . . . .
>
> Et les deux voyageurs nés dans l'ombre et l'orage,
> Se couchèrent en rois dans la pourpre et la paix.
>
> Voilà comme chantait mon âme satisfaite
> O Raphaël de France, en sortant de la fête !...
> Et je rêvais, les sens de vertiges émus,
> Descendre du Portique au bois d'Académus,
> Et te montrer, là-bas, sous l'ombrage sonore,
> Le moderne Platon, le chrétien Pythagore,
> Ballanche, environné d'immortels écrivains
> Recevant d'eux la lyre et les honneurs divins [1].

Ainsi, pour les deux frères, Ingres égalait Raphaël ; et le doux et
profond Ballanche, le philosophe de l'Abbaye-aux-Bois, était digne
de lui inspirer une nouvelle École d'Athènes [2]. Quant au peintre
qu'une admiration si enthousiaste enchantait, il écrivit un jour à
Émile Deschamps cette lettre reconnaissante :

Monsieur,

Permettez-moi de vous offrir le volume de mes œuvres gravées.

A qui saurai-je mieux l'adresser qu'à vous, Monsieur, qui avez si
souvent [mot illisible] une gloire dont je suis toujours prêt à douter et
sur laquelle me rassurent des sympathies aussi honorables que la vôtre.

Dans ce compte-rendu de ma vie, vous trouveriez peut-être, Monsieur,
quelques preuves à l'appui d'une réputation qui doit tout à votre noble et
touchante plume.

Croyez aussi, Monsieur, à l'expression de ma vive gratitude comme

---

1. *Poésies* d'Emile Deschamps, p. 138.
2. Le classique Ingres a souvent médit du romantisme dans l'art. Cf. sa *Réponse
au Rapport sur l'école impériale des Beaux-Arts, adressé au Maréchal Vaillant...*,
Paris, Didier, 1863, in-8°.

à celle de ma considération pour votre beau talent et pour votre personne.

Votre bien affectueux et reconnaissant serviteur [1]

D. Ingres.

Les relations qu'entretenait Emile Deschamps avec David d'Angers remontaient aussi aux premières années de la Restauration. Déjà Henri de Latouche faisait un vif éloge, en 1817, dans le *Constitutionnel*, de la statue du Grand Condé, et dans leurs *Lettres à David sur le Salon de 1819*, Emile Deschamps et ses amis, parlaient en ces termes du jeune sculpteur : « Ce jeune artiste (Pierre-Jean David), à qui nous devons déjà une belle statue du grand Condé, n'est point resté au-dessous de lui-même. Sa statue en marbre du roi René, son tombeau annoncent toujours un faire noble, vigoureux et facile. On voit que M. David, inspiré par son nom, étudie l'antique [2]. » *(Lettres à David*, p. 229.)

Ni l'antiquité, ni les gloires de la France n'absorbaient l'attention du sculpteur, que l'histoire de son temps passionnait. Il en méditait profondément les caractères : « C'est un homme de beaucoup de talent et de beaucoup d'idées », disait V. Hugo à V. Pavie (20 mars 1827). Il résolut d'interroger les individualités supérieures de son époque, de scruter l'expression de leur physionomie et de traduire leur pensée intérieure au moyen de la forme visible. C'est ainsi qu'il composa l'ensemble imposant de médaillons qui font de lui l'annaliste de son temps [3].

On sait qu'il alla en Angleterre pour observer le visage de Walter Scott, et qu'il fit à Weimar une visite mémorable pour voir Gœthe et faire son buste. « Un statuaire est l'enregistreur de la postérité, disait-il fièrement, il est l'avenir. » Celui qui, auprès de Gœthe, se faisait l'interprète de la pensée française contemporaine, confiait au marbre et au bronze l'effigie de ses plus illustres représentants. Poètes, artistes, philosophes, politiques, presque toutes les personna-

1. Collection Paignard.
2. C'était pour David, dit Th. Gautier, « un plaisir de voir comment le génie, par une sorte de repoussé, se modèle à l'extérieur, bossèle le crâne et le front de protubérances, martèle, meurtrit et sillonne les joues. » *Portr. contemp.*, p. 367.
3. Jouin, *David d'Angers, notes autographes*, 1, 203. « J'ai toujours été profondément remué par la vue d'un profil, écrit le sculpteur. La face vous regarde ; le profil est en relation avec d'autres êtres ; il va fuir, il ne vous voit même pas. La face vous montre plusieurs traits, et est plus difficile à analyser. Le profil, c'est l'unité. »
· *Ibid.* « Le profil du visage donne la réalité de la vie, tandis que la face n'en donne qu'une fiction. »

lités du siècle, occupèrent à leur tour l'attention de David d'Angers. Emile Deschamps comme Lamartine, Alfred de Vigny et V. Hugo, eut les honneurs d'un médaillon.

C'est probablement chez V. Hugo que les relations d'Emile Deschamps et de David se nouèrent vraiment, comme ce billet d'Hugo permet de le conjecturer. Le sculpteur venait d'envoyer à l'auteur de la *Préface de Cromwell* son médaillon.

« Paris, octobre 1828.

Mille fois merci, cher ami, de mon admirable cadeau. Maintenant il me faut une grâce. Emile Deschamps vient dîner avec nous samedi, et je lui ai promis que le grand statuaire serait des nôtres.

Vous ne me ferez pas mentir, j'espère, et nous vous aurons à 6 heures, n'est-ce pas ? Vous savez que je suis insatiable.

El vuestro amigo,

« V. Hugo. »

Peut-être est-ce de cette entrevue intime qu'est sorti le charmant médaillon qui représente Emile Deschamps ?

En tous cas, le voyage à Weimar, en 1830, et l'intérêt que prit Gœthe, parmi les ouvrages français que lui avait portés David, aux poèmes d'Emile Deschamps et surtout à la Préface des *Etudes*, ne contribuèrent pas peu à resserrer les liens de sympathie qui unissaient le sculpteur et le poète. Voici en quels termes le vieux Gœthe remerciait David, qui, de retour à Paris, continuait à le renseigner sur le mouvement des esprits en France et à lui envoyer des livres. L'office dont il charge E. Deschamps, de traduire en français la lettre qu'il écrit à David en allemand, est comme un symbole du rôle que joua, pendant la période romantique, l'aimable intermédiaire entre la France et l'Allemagne.

Gœthe a David-d'Angers [1]

« Weimar, 8 mars 1830.

Voulant vous exprimer le plus tôt possible, très honoré Monsieur, toute ma reconnaissance de l'agréable surprise qui m'a été faite par votre envoi, je ne puis que me servir de ma langue maternelle, incapable que je me sens de m'exprimer dans la vôtre avec la même facilité. Vous trouverez certainement près de vous un ami qui sera le fidèle interprète de mes sentiments. M. Deschamps, à qui je me recommande au préalable, s'en chargera, j'en suis sûr, avec sa bienveillance accoutumée...

Viennent ensuite des remerciements pour l'envoi de la collection des médaillons, des considérations sur les doctrines physiologiques

---

1. Cf. H. Jouin, *David d'Angers*, I, 575.

et craniologiques de Lavater et de Gall, et un éloge du « talent » de
David « à saisir l'individualité de chaque figure ». Gœthe en prend
comme exemple le portrait de Mme Delphine Gay et celui de Mme Les-
cot. Il termine sa lettre en ces termes :

Je vous prie d'offrir mes plus vifs remerciements aux hommes distingués qui m'ont fait l'honneur de m'envoyer leurs ouvrages. Je vous
recommande surtout d'assurer M. Deschamps qu'il m'a fait un cadeau
bien précieux par sa préface, car je mets à profit ses jugements. Il me
confirme, par sa modération et la justesse de ses aperçus, dans l'opinion
sympathique avec laquelle je me plais à envisager la marche et les tendances de votre littérature française, si récemment renouvelée.

J. W. Gœthe.

Ainsi l'on voit, par cette lettre de Gœthe à David, le rôle important
qu'on attribuait alors à Emile Deschamps. Lui seul ou presque seul
savait l'allemand. Il était désigné par Gœthe comme le meilleur dis-
ciple de Mme de Staël, capable mieux qu'un autre d'initier le goût
français aux littératures germaniques.

Quoi qu'il en soit, David devait rester en termes excellents avec
Emile Deschamps ; et quand il eut, en 1842, terminé le buste
d'André Chénier, cette gloire qui domine la révolution romantique,
telle que Deschamps l'entendait, et lui donne son sens esthétique,
c'est à lui que le sculpteur envoyait la nouvelle, et c'est à lui qu'il
s'adressait pour le prier d'inviter A. de Vigny, qu'il ne voyait plus
depuis longtemps, à venir visiter son atelier de la rue d'Assas.

Paris, 31 oct. 1842.

Mon cher Monsieur Emile Deschamps,

Il y a longtemps que votre frère m'avait fait promettre de l'avertir
lorsque j'aurais terminé le buste d'André Chénier ; cet ouvrage est actuelle-
ment en bronze dans mon atelier, je voudrais tenir ma parole envers votre
frère, mais j'ignore sa demeure.

Vous m'obligerez donc si vous vouliez bien m'envoyer son adresse
ou lui apprendre combien je serais heureux de le recevoir chez moi, rue
d'Assas ; il devrait aussi amener avec lui notre honorable ami De Vigny,
que je n'ose pas inviter, car j'ai bien peur qu'il n'ait perdu mon souvenir,
depuis tant d'années que nous ne nous sommes vus. Pour vous, cher Monsieur, je serais bien heureux si vous vous rappeliez quelquefois de celui
qui vous sera toujours dévoué de cœur.

Veuillez présenter mes respectueux hommages à Madame et rappeler
Mme David à son bon souvenir [1].

David.

1. Collection Paignard.

Emile Deschamps visita l'atelier du maître, et le remercia par le billet suivant, où nous trouvons un jugement exquis porté par le poète sur l'œuvre du statuaire :

Paris, nov. 1842.

CHER ET ILLUSTRE AMI,

Je ne saurais vous dire avec quel enthousiasme j'ai revu tous vos chefs-d'œuvre, et avec quelle reconnaissance j'ai retrouvé votre si cordiale amitié. Que Dieu me rende la santé et les forces pour vous l'exprimer !

Ma femme est très sensible aux souvenirs si doux de Mme David et elle joint ici tous ses plus empressés compliments à mes respectueux hommages.

Et je suis en vous serrant cette main qui fait tant de magnifiques œuvres,

Votre ami,

E. D.

« P.-S. Je trouve une occasion de prévenir mon frère, qui préviendra Alfred de Vigny. Quant à moi, je ne parlerai plus que de votre admirable *André Chénier*. Il n'y a que vous pour exécuter aussi merveilleusement les plus généreuses idées, et toute la génération philosophique et poétique vous doit sa reconnaissance et son admiration. »

A. M. DAVID D'ANGERS
sur son magnifique buste d'André Chénier.

Cette tête, où la Muse eut son trône un moment,
Que fit tomber la hache au début de son rêve,
Sous ton ciseau divin, à nos yeux se relève...
Et pour vivre éternellement [1].

Il nous reste à parler des relations d'Emile Deschamps avec Eug. Delacroix. Ce que nous en savons de précis est peu de chose, mais ce peu de chose est fort intéressant. Un poème de Deschamps, le *Romancero*, eut l'honneur d'inspirer au grand artiste une de ses plus expressives peintures : il s'agit de son *Roi Rodrigue*. Ce tableau a une histoire ou plutôt une légende, et voici comment la raconte Charles Yriarte dans la *Préface* du *Catalogue des tableaux anciens et modernes... formant la collection de M. Alexandre Dumas...* mise en vente à l'Hôtel Drouot, les 12 et 13 mai 1892.

Eug. Delacroix l'avait composé pour Al. Dumas père dans les circonstances suivantes :

« Un jour, dit Ch. Yriarte, il imagina de donner une fête dans un grand appartement vide dont il avait fait recouvrir les murs de papier gris ; il y fit installer de grands tables sur des tréteaux, disposer

1. Collection Paignard.

des échelles, acheter des baquets de couleurs et de kilos de colle, et
appelant à lui Eug. Delacroix, Paul Huet, Decamps, Louis Boulanger,
Riesener, Jadin, Nanteuil, les deux Johannot, Devéria et Grandville,
etc., il les *lâcha* dans les salons avec mission de les décorer en 24 heures.

« Pendant que Grandville, tout autour des chambranles, faisait
grimper des insectes et des fleurs, David d'Angers, Antonin Moine et
Barye pétrissaient de la terre pour improviser des lustres, Decamps,
sur un grand panneau en largeur, faisait passer un Don Quichotte suivi
d'un Sancho Pança chevauchant dans un champ de blés mûrs, et
Eugène Delacroix, commentant les vers du poète, peignait un
Boabdil (sic) vaincu fuyant Grenade :

> Le Roi sans royaume allait
> Froissant l'or d'un chapelet [1].

« Autant en emporta le vent ; un homme de moins de génie et de
plus de prévoyance eût soigneusement découpé sur les murs ces
improvisations brillantes signées des grands noms de son temps, il les
eût soigneusement encadrées en attendant l'heure de la justice,
et bientôt après les eût converties en rentes pour sa vieillesse. Tout
cela a fini par tomber en loques ; sauf le *Boabdil (sic)* racheté à la
vente du père par le fils et qui figure ici à la place d'honneur. »

Il est fâcheux qu'en rapportant cette intéressante anecdote,
Ch. Yriarte ait confondu avec le dernier roi Maure de Grenade *Boabdil*
qui n'a que faire ici, le roi chrétien Rodrigue, vaincu à la bataille du
Guadalète par les Maures, qui commençaient alors à envahir l'Espagne. Il cite même tout de travers les vers du *Romancero* qui inspirèrent Delacroix. Mais enfin les vers d'Emile Deschamps [2] étaient
si populaires au siècle dernier, qu'un critique d'art comme Yriarte les
citait de mémoire, et c'est un des inconvénients de la renommée d'être
ainsi estropié, si c'est un de ses beaux avantages d'inspirer un artiste
comme Delacroix.

Dumas père, dans ses *Mémoires* [3], a tracé un saisissant portrait du

1. Voici la strophe de Deschamps citée intégralement :

> Dans une sombre attitude,
> Mort de soif, de lassitude,
> Le roi sans royaume allait,
> Longeant la côte escarpée,
> Broyant dans sa main crispée
> Les grains d'or d'un chapelet.

2. *Poésies d'Emile Deschamps*, 1841. *Le poème de Rodrigue*, p. 14.

3. A. Dumas, *Mes Mémoires*, t. IX, p. 69 : « Eugène Delacroix se chargea de
peindre le roi Rodrigue, après la défaite du Guadalète, sujet tiré du *Romancero*,
traduit par Emile Deschamps... »

maître improvisant ainsi, en quelques heures l'esquisse d'un chef-
d'œuvre :

« Sans ôter sa petite redingote noire collée à son corps, sans relever
ses manches ni ses manchettes, sans passer ni blouse ni vareuse,
Delacroix commença par prendre son fusain ; en trois ou quatre
coups, il eut esquissé le cheval ; en cinq ou six le cavalier ; en sept
ou huit, le paysage, morts, mourants et fuyants compris ; puis,
faisant assez de ce croquis *(sic)* inintelligible pour tout autre que
lui, il prit brosses et pinceaux et commença de peindre.

« Alors en un instant, et comme si l'on eut déchiré une toile, on
vit sous sa main apparaître d'abord un cavalier tout sanglant, tout
meurtri, tout blessé, traîné à peine par son cheval, sanglant, meurtri,
blessé comme lui, n'ayant plus assez de l'appui des étriers, et se
courbant sur la longue lance ; autour de lui, devant lui, derrière lui,
des morts par monceaux, au bord de la rivière des blessés, essayant
d'approcher leurs lèvres de l'eau, et laissant derrière eux une trace
de sang ; à l'horizon tant que l'œil pouvait s'étendre, un champ de
bataille acharné, terrible ; — sur tout cela se couchant dans un
horizon épaissi par la vapeur du sang, un soleil pareil à un bouclier
rougi à la forge ; — puis, enfin, dans un ciel bleu, se fondant, à
mesure qu'il s'éloigne dans un vert d'une teinte inappréciable,
quelques nuages roses comme le duvet d'un ibis. Tout cela était
merveilleux à voir : aussi un cercle s'était fait autour du maître,
et chacun, sans jalousie, sans envie, avait quitté sa besogne pour
venir battre des mains à cet autre Rubens qui improvisait à la
fois la composition et l'exécution. En deux heures ou trois tout
fut fini. »

Telle est la légende de ce fameux tableau. Elle exprime à merveille
ce qu'il y a de spontané dans l'art de Delacroix, le jaillissement puissant des images qui s'imposait à lui avec une force hallucinatoire
jusqu'à ce qu'il s'en fût délivré en les fixant sur la toile. Mais ce que
l'admirable page de Dumas ne dit pas, c'est que l'idée d'une telle
composition occupait depuis longtemps déjà l'esprit de Delacroix.
Elle lui était venue, après une lecture du poème d'Emile Deschamps.
Il s'appliquait à la réaliser dans son atelier du quai Voltaire n° 15 ;
et c'est l'esquisse ébauchée par le peintre que le poète souhaite dans la
lettre suivante d'être admis à contempler.

« Vous avez fait un *Rodrigue fuyant* qui est une chose délicieuse, car
vous l'avez faite. Je voudrais bien en voir chez vous l'esquisse, mais à
quelle heure vous trouve-t-on ? Vous m'avez parlé, après une lecture de
mon poème, de ce Roi Rodrigue projeté alors. Merci d'avoir exécuté ce

projet. Je suis tout fier, tout heureux d'avoir fourni un peu l'occasion
d'un nouveau chef-d'œuvre.

« Dites-moi quand je pourrai me présenter quai Voltaire, n° 15, et
recevez la nouvelle expression de ma déjà vieille amitié [1].

. « Emile DESCHAMPS.

«rue de la Ville-l'Evêque, n° 10 *bis*.

Paris, 1ᵉʳ mai 1833.

(Au verso, esquisse à la plume d'une tête de cheval et de ses pieds
de devant.)

·Le tableau de Delacroix [2], inspiré par le *Romancero* d'Emile Deschamps avait passé, après la mort d'Alexandre Dumas fils, dans la
collection Chéramy. Cette collection a été mise en vente le 15 avril
1913, et voici dans le compte rendu de cette vente, tel qu'il parut le
lendemain dans le *Temps,* le passage qui nous intéresse.

Parmi les Delacroix, on a donné 25.000 fr. d'une toile provenant de
la vente Cronier, *Hercule et Alceste* ; 13.100 fr. pour *Hamlet et le cadavre
de Polonius* ; 5.000 fr. de la *Grèce expirant sur les ruines de Missolon-
ghi.* On a payé 7.000 fr. une *Odalisque* ; 3.200 fr. une *Madeleine en
prière* ; 3.050 fr. une *Etude de babouches* ; 4.500 fr. *Jésus-Christ et saint
Thomas* ; 9.000 fr. le *Roi Rodrigue blessé, après la bataille de Guadalète* ;
5.200 fr. une *Variante pour le « Justinien »* ; 3.100 fr. pour *Eugène Delacroix en Hamlet.* Sur une demande de 8.000 fr., on a poussé à 11.500 fr.
Jésus au Jardin des Oliviers.

Emile Deschamps [3] allait donc à Delacroix, comme à Ingres, à
Prudhon, à Géricault. L'originalité individuelle, en peinture, l'atti-

1. Communiqué par M. Maurice Tourneux.
2. Consulter l'*Œuvre complet de Eugène Delacroix, peintures, dessins, gravures,
lithographies, catalogué et reproduit* par Alfred Robaut, *commenté par* Ernest
Chesneau... Paris, Charavay, 1885, page 101, n° 367. *Le Roi Rodrigue.*
3. La Collection Claretie, exposée à l'Hôtel des Ventes, le 7 mai 1914, possédait
un joli dessin d'Heim, représentant Emile Deschamps. Cf. *Catalogue des tableaux,
dessins, aquarelles... composant la collection de feu M. Jules Claretie...,* p. 39, n° 95 :
*Portrait d'Emile Deschamps. Il est vu de trois quarts, en habit, tenant son chapeau
de la main gauche. Signé à droite :* 1846. *Dessin au crayon. Haut. 36 cent. ; larg.
21 cent.*
C'est une des études que fit le peintre pour son tableau intitulé : *Une lecture
d'Andrieux au foyer de la Comédie française,* qu'on peut voir dans la Galerie Louis-
Philippe, au musée de Versailles.
Sur Heim et sur ce tableau célèbre, cf. Henry Marcel, *Louis-Philippe et le
château de Versailles,* dans la *Revue de l'Histoire de Versailles et de Seine-et-Oise,*
1909. « Moins bon praticien (que Granet), dit M. H. Marcel en parlant d'Heim,
·c'est un physionomiste fort expert et il ordonne à souhait les scènes compli-
quées. »

rait aussi bien qu'en littérature, et l'on peut dire qu'il ne suivait en cela que son plaisir. Mais ce plaisir était l'expression d'un naturel heureux, orné ,tout pénétré d'une culture exquise. Son goût en apparence si éclectique, traduit moins les caprices d'un tempérament fantaisiste que les intuitions d'un sentiment très fin et d'un jugement très aiguisé.

DEUXIÈME PARTIE

ÉMILE DESCHAMPS ET LA MUSIQUE

I

LE GOUT MUSICAL D'UN POÈTE ROMANTIQUE

S'il est un art que Deschamps a aimé, autant que la peinture, presque autant que la poésie, c'est la musique.

Il a dit en des vers, pleins de grâce, qu'il n'a jamais entendu préluder l'orchestre à l'Opéra ou dans les concerts, sans un frémissement de plaisir :

> Alors l'archet vainqueur [1]
> Glisse amoureusement sur les cordes du cœur ;
> Et la gamme, impossible, aux bravos de la foule
> Part, et comme un collier de perles se déroule.

Il saluait avec enthousiasme le pianiste virtuose :

> qui, d'un doigt vif ou lent,
> Verse au piano son cœur ! — Tel un beau ramier blanc
> Rase un lac de son aile ou court de feuille en feuille.

Quant au charme de la voix humaine, il y était particulièrement sensible, comme tous les *dilettanti* de son temps :

> Et son chant retentit, si pur, si ravissant,
> Qu'élancé vers le ciel, on croit qu'il en descend.

Ce n'est pas qu'il ne fasse des réserves au sujet des sensations exquises que la musique lui procure. Point mystique, tel que nous

1. *Poésies d'Emile Deschamps*, Paris, Delloye, 1841, in-8°, p. 140.

le connaiss..., ce fils du xviiiᵉ siècle sensualiste ne pouvait apprécier dans la musique essentiellement qu'un art qui charme les sens et repose délicieusement de penser. Seule, la poésie conserve, d'après lui, le privilège de parler à l'intelligence, tout en usant des prestiges de l'imagination et de la sensibilité. Elle seule est capable d'agir sur toutes les facultés à la fois. Elle est tout ensemble la plus haute littérature et le premier des arts, et elle inspira à Deschamps une de ces formules heureuses qui ne la définissent pas seulement en elle-même, mais encore dans ses rapports avec les autres arts. « C'est de la peinture qui marche et de la musique qui pense [1]. »

La musique, bien qu'inférieure à la poésie, n'en est pas moins chère à Deschamps. « Ne vous fiez pas à l'homme qui n'aime pas la musique » aimait-il à dire après Shakespeare. « La musique va chercher au fond du moi humain ce qu'il y a de plus noble et de plus tendre pour en féconder les germes. Elle est le langage universel de l'enthousiasme religieux, de l'héroïsme et de l'amour. Elle ne conseille jamais rien de vil ni de mauvais, et l'on peut soutenir sans paradoxe qu'il vaudrait mieux pour un peuple savoir solfier que lire [2]. »

Il est dommage que nous n'ayons pu déterminer le degré de culture musicale de Deschamps. Nous ne savons rien de la formation qu'ils reçurent, lui et son frère [3]. Mais ces deux mélomanes, qui furent liés avec tous les musiciens de leur temps — Émile surtout qui composa pour eux tant de livrets — devaient posséder un peu plus que les rudiments de cet art, et n'être pas étrangers à sa connaissance technique. En tous cas, la comparaison de la poésie avec la musique, comme avec la peinture, vient surtout sous la plume d'Emile Deschamps. Il cite aussi volontiers les noms des grands musiciens que ceux des grands peintres et des grands poètes :

« La poésie, dit-il, a ses mélodistes et ses harmonistes, ses dessinateurs et ses coloristes, comme la musique et la peinture. Il n'est donné qu'à bien peu de génies de posséder au même degré les deux qualités extrêmes de l'Art. Ainsi Raphaël est supérieur par le dessin, et Cimarosa par la mélodie, comme Rubens par la couleur et Beethoven par

---

1. Emile Deschamps, *Œuvres complètes*, Paris, A. Lemerre, 1873, 6 vol. in-8°. Voir tome IV, p. 27.

2. *Ibid.*, p. 22.

3. Jugement de Delacroix *(Journal*, tome III, p. 434) sur Antoni Deschamps : « J'ai dîné chez les Bertin, comme toujours avec plaisir ; j'y ai trouvé Antoni Deschamps ; c'est le seul homme avec lequel je parle musique avec plaisir, parce qu'il aime Cimarosa autant que moi. » Même enthousiasme pour Cimarosa chez Stendhal. Cf. *Vie de Rossini, passim.*

l'harmonie. Cette division existe également dans l'art d'écrire, et surtout d'écrire en vers [1]. »

« Avec de l'*indolence* on ne comprendra jamais l'idéal d'aucun art, et on ne cherchera point à connaître Dante, Shakespeare ou Corneille, on ne sentira pas que Raphaël et Léopold Robert sont les deux plus vrais et plus poétiques révélateurs de la plus belle des natures, la nature italienne ; on citera indifféremment ou Mozart ou Musard (Mozart, le Shakespeare et le Raphaël de la musique !), on ne pleurera pas au trio de *Guillaume Tell* de Rossini. »

Les héros de ses contes sont parfois des virtuoses capables d'interpréter les maîtres. Ainsi les voyons-nous dans *Mea Culpa* chanter « le fameux duo : *Aimons-nous, tout nous y convie* », dans *Armide*, de Gluck [2]. Voici comment le Roméo de cette singulière histoire écoute le chef-d'œuvre : « Lorsque se fit entendre cette magnifique et terrible phrase musicale : *Votre général vous appelle*, il se réveilla comme d'un songe divin. » Enfin ce sont « les suaves mélodies » de Pergolèse qui, dans le même conte, révèlent aux deux jeunes amants la force mystérieuse du sentiment qui les rapproche : « C'était une de ces tièdes soirées d'Italie où l'air est chargé de langueur et de volupté. Les rayons de la lune glissant à travers les jalousies et les croisées entr'ouvertes, se disputaient avec la lumière des bougies dans les glaces, sur les grands sofas, sur les parquets brillants. L'œil étoilé de Vénus plongeait dans la chambre et scintillait sur le front de Judith, comme un pur miroir, et les suaves mélodies de Pergolèse, soutenues par l'harmonie des accords, s'élevaient des clavecins sonores et des lèvres enflammées des deux virtuoses. Leurs genoux se touchaient, leurs mains s'entrelaçaient comme les touches blanches et noires ; les brises nocturnes faisaient voltiger les cheveux de Judith sur le visage de Robert ; leurs haleines plus fraîches que les brises et leurs regards et leurs âmes se mêlaient comme leurs voix : l'amour et le chant se mêlaient l'un par l'autre ... »

Ainsi la musique est pour Deschamps ce qu'elle est pour Musset, la langue même de l'amour :

> Langue que pour l'Amour inventa le génie,
> Qui nous vint d'Italie et qui lui vint des cieux,
> Douce langue du cœur, la seule où la pensée
> Cette vierge craintive, et d'une ombre offensée,
> Passe en gardant son voile...

---

1. *Œuvres complètes*, Paris, 1re partie, p. 48.
2. Stendhal *(Vie de Haydn*, lettre XII, Ed. Champion), moins éclectique que Deschamps, dit qu'il n'assiste pas sans peine à tout un opéra de Gluck.
3. *Œuvres complètes*, tome III, p. 212.

II

UN CRITIQUE MUSICAL EN 1835

Deschamps eut l'occasion, en 1835, de rendre compte de la saison musicale, et ces pages [1] nous informent de l'éclectisme de son goût.

Une nouvelle preuve que la musique le passionnait presque autant que la poésie, c'est qu'il constatait pour s'en plaindre que « la musique en France est une exception aristocratique » et que « le peuple est resté antimusical [2] ». Contre le tempérament de la race, il souhaitait que réagît l'éducation.

« Encore une fois, disait-il en homme du XVIIIe siècle, tout dépend de l'éducation. Prenez cent personnes dans notre haute société, qui n'a pas en général l'éducation artistique ; il y en aura dix qui aiment la peinture, quatre qui aiment la musique, une qui aime la poésie et quatre-vingt-cinq qui aiment les courses de chevaux. Qu'on les élève dès l'enfance dans une atmosphère d'art et de littérature, et toutes ces disproportions s'effaceront et l'habitude deviendra une seconde nature. »

Aussi, suivait-il attentivement le mouvement musical de son temps et signalait-il avec joie le progrès général du goût pour la musique. Il évoquait l'exemple de Choron « qui prenait ses petits virtuoses dans son quartier, et qui, au bout de quelques mois, en faisait une seule âme harmonique, une divine symphonie de voix ! Qu'on la rouvre cette école qui a ruiné et tué son maître, l'homme d'art et de conscience ! Qu'on en ouvre dans toute la France ! » Et ce qu'il demandait qu'on fît pour le chant, il le réclamait aussi pour la musique instrumentale : il louait « les progrès rapides et les conquêtes du chant au grand Opéra depuis dix ans », et célébrait les mérites de l'orchestre du Conservatoire. Mais il n'y à qu'un Conservatoire en France, cela le désolait, et c'est ainsi qu'il s'expliquait en partie l'infériorité de la France au point de vue musical, comparée à l'Allemagne et à

---

1. *Ibid.*, tome IV, p. 22 et sq.
2. *Ibid.*, tome IV, p. 25 et sq. pour cette citation et les suivantes.

l'Italie « qui doivent, disait-il en 1835, leur prééminence en musique
à ce qui fait leur faiblesse sous d'autres rapports, à la division de
leur territoire en vingt ou trente principautés, dont chacune a sa
capitale, son point d'excitation artiste, son école, sa chapelle, son
théâtre. »

Deschamps, comme tous les *dilettanti* de son temps faisait trop
bon marché de l'ancienne musique française : il oubliait Grétry,
Rameau, pour sacrifier en vrai romantique aux dieux étrangers.
« L'Italie et l'Allemagne, dit-il, ont le triple sceptre de la musique
religieuse, de l'opéra et de la symphonie. Pour la musique d'église,
Haendel et Palestrina, Pergolèse et Mozart ; pour la musique de
théâtre, Gluck et Sacchini, Cimarosa et Mozart, encore Mozart !
pour la musique instrumentale, Haydn et Boccherini, Beethoven et
toujours Mozart ! Et parmi les vivants, pour les trois genres, Chérubini
Rossini [1], Meyerbeer, et j'allais dire Weber, tant la mort paraît
cruellement absurde d'avoir tari cette source d'harmonie surnaturelle
et de primitives mélodies. »

*
* *

En cette année 1835, en dépit de la renommée de Liszt, de Chopin,
de Ferdinand Hiller et de Mme Pleyel, qui attirait Emile Deschamps
aux concerts du Conservatoire, il s'étend plus complaisamment sur
la musique de théâtre, et paraît enchanté du succès de la *Marquise*
d'Adam et de la *Muette* d'Auber à l'Opéra-comique, mais il donne
la palme à Bellini et à Donizetti. Bellini en particulier, l'auteur des
Capulets et des Montagus, de la *Sonnanbula* et de *Norma*, venait de

---

1. Voici, avec quelles restrictions Antoni, le frère d'Emile Deschamps, admettait Rossini pour la musique religieuse. Il confiait son jugement à Th. Gautier
dans la lettre suivante :

MON CHER THÉOPHILE,

« J'ai entendu le *Stabat* de Rossini, voici mon sentiment sincère : c'est tout ce que le génie
peut faire dans un siècle d'indifférence religieuse, ce sont des pleurs, mais des pleurs élégants,
c'est la Madeleine..., mais la Madeleine de Canova. Cependant la beauté de la mélodie, la
pureté du style, la netteté et la précision du dessin et le parfum méridional de cette composition en font un petit chef-d'œuvre que le maître seul pouvait écrire dans ce ton.

« Mozart avait fait *Don Juan* pour Haydn et pour lui. Rossini a fait le *Stabat* pour son
siècle, pour les hommes, pour les femmes, pour les artistes du monde ; c'est la véritable
expression de l'art de notre époque. Prenez ces lignes pour ce qu'elles valent, louez le grand
maître, car il attend le résultat de cette matinée pour écrire un grand opéra.

« A demain.

    « Tout à vous,

                                Antoni DESCHAMPS.

(S. d. — Collection Lovenjoul.)

remporter un triomphe avec les *Puritains*. Deschamps ne se plaint pas de la pauvreté de l'orchestration dans Bellini, mais il insiste sur la grâce mélancolique et douce de ses mélodies : « On remarque dans cette partition (des *Puritains*), dit-il, la même suavité, la même tendresse que dans les autres œuvres de M. Bellini, avec plus de caractère et de virilité... La vogue des *Puritains* s'est accrue jusqu'à la fin, ce sont les *Puritains* qui ont clos la session mélodique au Théâtre Favart [1]... » Il ne manque pas d'ajouter que des chanteurs extraordinaires contribuèrent au succès de Bellini.

Quant à Donizetti, qui n'avait pas encore produit les deux œuvres dont on peut dire que le public raffola pendant cinquante ans, la *Fille du Régiment* (1840) et la *Favorite* (1840), il faisait applaudir son *Marino Faliero* à l'Opéra italien ; Deschamps reconnaît au maître de Bergame une science supérieure à celle de Bellini, mais une moindre capacité d'émouvoir. Musicien habile et fécond, fort léger de scrupules artistiques, il attire l'attention par sa virtuosité, son mouvement. « C'est toujours la même exécution foudroyante, » dit Deschamps à propos du dernier succès du célèbre auteur d'*Anna Bolena* [2], et il ajoute : « Cette dernière partition *(Marino Faliero)* est certainement l'œuvre d'un maître très habile et qui connaît et domine toutes les ressources et toutes les puissances de son art. Cependant vous devez comprendre les préférences du public pour l'ouvrage de M. Bellini, dont les mélodies ont une suavité, une tendresse, une jeunesse qu'on ne trouve point au même degré dans les ouvrages de M. Donizetti, qualités qui dans un opéra l'emportent nécessairement sur toutes les autres. Pour les chanteurs, il faut d'abord du chant et puis encore du chant. Nous ne rappellerions pas cet axiome très naïf, pour le moins, si quelques compositeurs actuels ne l'oubliaient pas trop dédaigneusement [3]. »

Un tel jugement ne nous renseigne pas seulement sur la pensée de Deschamps,; il nous révèle le goût général de son temps : des mélodies soutenues à peine de quelques lignes d'orchestre, voilà ce que l'on demandait aux musiciens. Ce qu'on aimait dans la musique, c'était le chant.

Que va donc apprécier notre critique dans le grand succès musical de 1835, la *Juive*, le grand opéra d'Halévy ? C'est d'abord et avant tout le chant. Il loue « cette grande œuvre [4] », où il trouve « de la

1. *Ibid.*, p. 26 et p. 34.
2. *Ibid.*, p. 31.
3. *Ibid.*, p. 34.
4. *Ibid.*, p. 29 et sq.

musique forte et sévère ». Mais quand il en vient à l'analyse de ce qui
le charme, il cite de préférence les mélodies. « La romance à deux mou
vements, dit-il en connaisseur, est délicieuse de naïveté. Tous les
salons de Paris en retentiront bientôt. Le chœur à boire qui suit
offrait de grandes difficultés au compositeur. Le souvenir des chœurs
du *Comte Ory* et de *Robert* étaient là comme deux fantômes effrayants ».
Mais écoutons cet amateur de la voix humaine au théâtre : il déclare,
quand il étudie dans ce morceau « le chœur syllabique des hommes »
réuni au « chant ténu des soprani » que « la beauté de ce contraste »
est digne de soulever « une explosion d'enthousiasme ». — « L'acte
vraiment musical, ajoute-t-il, est le second, parce que tout se passe
dans une chambre modeste entre quelques personnages, et que rien
ne fait diverger l'attention. La prière juive qui ouvre cet acte, la
romance : *Il va venir*, le duo : *Lorsqu'à toi je me suis donnée*, et surtout
le trio final : *Désespoir ! Anathème !* où Nourrit et Mlle Falcon se
montrent si grands chanteurs et si grands tragédiens, feraient à eux
seuls la gloire d'un maître. » S'il adresse une critique au second acte,
elle consiste à noter quelques lacunes dans l'unisson des voix : « Deux
voix de femmes et deux ténors s'y succèdent et s'y mêlent continuellement. » Il regrette l'absence de quelques voix de basse et de
baryton, qui prive l'oreille exercée des dilettanti de cette sensation
de variété dans la plénitude où elle a coutume de trouver son plaisir
suprême.

Mais voici la merveille à la mode, le *bel canto* [1] enchanteur que
Deschamps nous signale au troisième acte : « C'est, dit-il, un air à
cadences, à roulades, espèce de concerto pour la voix que bien peu
de cantatrices pourraient chanter comme Mme Dorus-Gras ; c'est
merveille que de l'entendre se jouer avec tant de grâce des traits les
plus difficiles et des gammes chromatiques ascendantes et descen-
dantes, dont cet air abonde. Mme Dorus-Gras s'est placée dans la
Juive au premier rang des talents de vocalisation... comme elle avait
pris sa place parmi nos premières chanteuses dramatiques, en créant
avec tant de charme et d'expression le beau rôle d'Alice dans *Robert*. » S'il admire encore autre chose dans le fameux troisième acte,
c'est le finale et le récitatif obligé, si puissamment rendu par Levas-
seur, et qu'il trouve « d'un effet extraordinaire » — « Cet excellent
chanteur, ajoute-t-il, y développe toute la beauté de ses moyens et
toutes les ressources de son art. » Enfin, quand il en vient au quatrième
acte, « le morceau, dit-il, qui avec le grand trio partage les honneurs

---

1. *Ibid.*, p. 30.

de la représentation, est l'air d'Eléazar... Il est impossible d'imaginer une mélodie plus tendre et plus douloureuse et de la dire avec une expression plus déchirante que ne le fait Nourrit [1]. »

Cette page de critique peut être considérée comme un *témoin* de toute une époque dans l'histoire de la musique en France. Deschamps s'y montre, comme la masse du public de son temps, fidèle au sensualisme italien. Il apparaît sensible avant tout à la mélodie ; et, par mélodie, il entendait l'air que retient facilement l'oreille, et qui permet à la voix du chanteur de se produire dans toute son étendue et sa beauté. « En musique, écrivait Stendhal, dès 1824, dans sa *Vie de Rossini*, on ne se rappelle bien que les choses qu'on peut répéter ; or, un homme seul, se retirant chez lui le soir, ne peut pas répéter de l'harmonie avec sa voix seule. Voilà sur quoi est basée l'extrême différence de la musique allemande et de la musique italienne [2]. » Or, l'italianisme, grâce à la séduction du génie de Rossini, régnait en maître à l'Opéra. Deschamps, comme tous ceux que le prestige de Rossini enchantait, était en effet si loin d'admettre, comme on l'a fait depuis, l'éminente dignité de l'orchestre au théâtre, que pour bien exprimer sa théorie, il va jusqu'à dire, devant les progrès de la science orchestrale, que manifestait la *Juive* :

« Je me suis convaincu de nouveau que le récitatif continuellement instrumenté alourdit un opéra ; il ne se détache pas assez de l'instrumentation du chant. J'en reviens toujours à mon récitatif au piano pour les scènes posées et le dialogue familier. Il faut en croire les Italiens là-dessus comme sur beaucoup d'autres choses. Cette mélopée, simple et soutenue seulement de quelques accords, vous maintient dans la région musicale, sans vous saturer d'harmonie. D'ailleurs c'est un contraste de plus : grand bénéfice en musique. Quand la situation s'agrandit, ou se passionne, le récitatif orchestré reprend, et on le retrouve avec plaisir, au lieu de l'écouter tout le temps d'une manière distraite. D'ailleurs, avec le récitatif au piano, le dialogue, étant tout démasqué devant le public, les poètes s'accoutumeraient à y mettre du soin, de l'esprit, du style, de la poésie... Pourquoi pas ? et les spectateurs s'accoutumeraient à y faire attention et à s'amuser et à s'intéresser entre les morceaux de musique. — Le beau malheur [3] ! »

Cette dernière phrase nous fait percevoir le caractère du grand opéra tel qu'on le concevait à cette époque.

---

1. *Ibid.*, p. 31.
2. Stendhal, *Vie de Rossini*, Paris, A. Boulland, 1824, tome I, p. 3.
3. E. Deschamps, *Œuvres complètes*, tome IV, p. 31.

Elle dénonce en tous cas deux tendances très nettes du public de ce temps : d'abord son peu d'empressement à écouter de la musique pure, son dédain de toute orchestration savante, et d'autre part son incuriosité du livret, toujours quelconque, partie sacrifiée. A quoi s'intéressait-il ? Au chant, à la virtuosité des chanteurs, nous l'avons dit, mais à toute autre chose aussi, qui avait peu de rapports avec la musique et la poésie.

III

LA MÉLODIE ET LE SPECTACLE DANS L'OPÉRA ROMANTIQUE

L'opéra, tel qu'on l'aimait à l'Académie royale de musique, vers le milieu du xixe siècle, était avant tout un spectacle pompeux que relevait la musique. Tout devait y parler aux sens, non seulement les airs chantés par le ténor ou la *prima donna*, mais le nombre et la beauté des danseuses dans les ballets, la variété de la mise en scène et la splendeur pittoresque des décors.

Les poètes sur ce point étaient d'accord avec le public. « Si Banville et H. Heine, écrit justement M. Aug. Ehrhard [1], raillaient la ploutocratie, Gautier dédaignait une civilisation sans pittoresque » ; « Le théâtre, disait l'auteur de *Mademoiselle de Maupin* [2], pourrait assouvir ce besoin de merveilleux, qui est un des plus invincibles besoins de l'homme. Lorsqu'on fait tout pour les oreilles, pourquoi ne fait-on rien pour les yeux ? Pourquoi sommes-nous condamnés à ne voir que des formes pauvres, anguleuses, que couleurs ternes, noirâtres, désolées ? Pourquoi la pourpre, qui est le sang et la vie, l'or qui est la richesse et la lumière sont-ils bannis de nos vêtements ?..

« Par ce temps de paletots et de makinstosh, un théâtre où défilent de splendides uniformes tout chamarrés de dorures, des chevaux richement harnachés, où l'œil, attristé par tant de laideurs, s'arrête sur des décorations magnifiques, sur des groupes heureusement arrangés, n'est-il pas un centre attrayant, un besoin, une chose indispensable ? »

Or, un homme s'était rencontré, dès les premières années du règne de Louis-Philippe pour réaliser le rêve du public et des artistes : c'était un des produits les plus achevés du Paris d'alors — vrai héros de Balzac —, le Dr Véron [3]. Enrichi dans une des premières grandes

---

1. Aug. Ehrhard, *L'Opéra sous la direction de Véron*, 1831-1835 (s. l. n. d.). In-8°.

2. Cité par Ehrhard, *ibid.*, p. 21. Passage emprunté à Th. Gautier, *Histoire de l'Art dramatique en France*, Paris, 1858, tome II, p. 311.

3. Nous ne faisons ici qu'emprunter les principaux traits de cette curieuse physionomie au beau portrait que M. Ehrhard a tracé du Dr Véron dans l'ouvrage précité.

affaires de publicité, en vendant une pâte pectorale, il avait débuté obscurément dans le *Conservateur littéraire* des frères Hugo et dans la *Quotidienne* de Michaud, fonda ensuite la *Revue de Paris*, et plus tard, en 1844, il acheta le *Constitutionnel*. Mais avant d'acquérir dans le journalisme une puissance égale à celle de Girardin ou des Bertin, il fut d'abord, pour les personnalités du Boulevard, l'amphitryon où l'on dîne. Ses dîners, comme ses cravates, ravissaient les dandys, qui, en dépit de sa vulgarité foncière, de sa laideur, de ses infirmités secrètes, lui faisaient une sorte de cour. Ce Joseph Prudhomme qui se donnait des airs de Lucullus, celui que Barbey d'Aurevilly appelait « le lépreux de la cité de Paris, le scrofuleux Dr Véron » n'en avait pas moins dirigé pendant quatre ans le premier de nos théâtres lyriques (de 1831 à 1835), et, grâce à son bailleur de fonds, le banquier Aguado, grâce aussi à la collaboration de Duponchel, délicate nature d'artiste, par lequel il se laissait guider dans le choix des décors, il avait réussi à faire de l'Opéra un lieu de spectacle brillant et populaire. L'aristocratie s'était réfugiée au théâtre des Italiens ; mais la bourgeoisie se donnait rendez-vous dans ce luxueux et confortable Opéra de la rue Lepelletier, éclairé au gaz, animé par un peuple de figurants et de machinistes, véritable entreprise industrielle et maison de plaisir adaptée aux goûts du matérialisme contemporain.

Nous avons dit que l'italianisme sensuel de Rossini y était à la mode ; on y préférait *Sémiramide* ou *Otello* à *Iphigénie*, à *Armide*, qu'on ne jouait plus. On se souciait fort peu que la musique servît d'expression, comme chez Gluck, Rameau et Mozart, aux passions humaines, pourvu qu'elle flattât agréablement l'oreille, et offrît un accompagnement caressant à la romance sentimentale qu'on goûtait par-dessus tout. Si l'on venait à l'Opéra, c'était pour écouter et retenir aisément la romance attendue et se divertir au spectacle d'une grande féerie. C'était bien ce que Véron avait voulu offrir au public de son temps. « ... Quand on peut disposer du plus vaste théâtre, écrit-il, ayant quatorze plans de profondeur, d'un orchestre de plus de quatre-vingt musiciens, de plus de quatre-vingt choristes, hommes et femmes, de quatre-vingt figurants, sans compter les enfants, d'un équipage de soixante machinistes pour manœuvrer les décorations, le public attend et exige de vous de grandes choses [1]. »

Ces grandes choses qui enchantaient le public, effrayaient bien un peu les gens de goût.

Emile Deschamps, qui accepte la poétique de son temps, ne critique

----

1. Véron, *Mémoires*, t. III, p. 179.

pas de front l'idée de l'Opéra, tel que l'entend Véron, mais devant des excès qui s'étalaient, pour ainsi dire, il laisse échapper quelques plaintes. L'insuffisance des livrets de Scribe ne le choquait pas moins que la vanité splendide des décors.

« Un grand opéra français, écrit-il, est quelque chose de complexe et de multiple. La belle musique y a besoin d'un beau poème, qui a besoin de belles décorations et de beaux costumes, qui ont besoin de belles danses, et toutes ces beautés ont besoin d'une mise en scène où règnent à la fois l'imagination et la fidélité :

> . . . . spectacle tout magique
> Et qui de cent plaisirs font un plaisir unique.

« Mais la musique même dans un grand opéra français est la condition principale : les autres arts font cortège à cette reine [1]... » C'est du moins ce qui devrait être. Deschamps se plaint de ce qui est :

« A l'Opéra, les danses, les décorations, toutes ces splendeurs sont de trop puissantes distractions. On regarde tant qu'on écoute moins. Enfin, le défaut de spécialité, l'absence d'homogénéité, qui existent dans le spectacle, se retrouvent dans les spectateurs, dont la plupart n'y vont pas précisément pour la musique. Il en résulte de l'indécision dans l'ensemble des représentations et dans la masse du public, tandis qu'à l'Opéra Italien, le théâtre et la salle, les acteurs et les spectateurs, tout est musical et n'est que musical. On ne peut y donner et on n'y va chercher que le charme de la musique : avantage inappréciable pour les compositeurs et les chanteurs d'un vrai talent. Et remarquons à quel point cette pauvre musique pourrait être opprimée sur notre grand théâtre, si l'on y flattait trop sensuellement l'organe de la vue ; car tout le monde voit et peu de gens savent entendre. C'est une observation que nous soumettons à l'administration si intelligente et si habile de l'Académie royale de musique. Nous ferons observer que si la musique seule n'a pu y soutenir la vogue d'aucun grand ouvrage, toutes les magnificences de la mise en scène n'y ont jamais fait vivre un opéra, sans la supériorité de la musique et l'intérêt du *libretto*... C'est l'accord, la fusion de tous ces éléments dans de justes proportions, qui font le succès durable. La *Muette* et surtout *Robert*, en seront longtemps deux preuves irrécusables. Et alors, l'opéra français, dans son ensemble, est le premier spectacle de l'Europe [2]. »

---

1. Emile Deschamps, *Œuvres complètes*, t. IV, p. 27.
2. Emile Deschamps, *ibid.*, p. 28.

Ce qu'admirait Deschamps dans ces deux grands opéras d'Auber et de Meyerbeer, c'était le triomphe du romantisme dans la musique. *Robert le Diable* en particulier lui avait paru, comme à tous ses contemporains, une résurrection du Moyen-Age, égale en pittoresque et en pathétique, à celle de *Notre-Dame de Paris*. L'éclat nouveau de l'orchestre et des chœurs y relevait l'effet produit par une mise en scène d'un merveilleux saisissant. C'était du Rossini, avec quelque chose qui rappelait Weber, les deux maîtres du théâtre lyrique à cette date. Mais, quand un musicien est capable par la seule magie des sons d'atteindre au pittoresque de Walter Scott, au fantastique d'Hoffmann, il est désirable, aux yeux d'Emile Deschamps, pour parfaire le spectacle, que le livret ne soit pas de qualité trop inférieure. Scribe, en dépit de son art prestigieux de construire une intrigue, était un misérable versificateur, et Deschamps s'est offert à montrer qu'on pouvait, dans un genre où la poésie doit rester secondaire, conserver le souci de l'expression juste et de la forme élégante. Il donna un modèle du genre, quand il refit le livret de *Don Juan*.

IV

L'extraordinaire habileté métrique de Deschamps le faisait rechercher des compositeurs. On savait que les musiciens appréciaient la
flexibilité de son talent, qui se prêtait à tous les caprices de la notation
musicale. Aussi lui apportait-on souvent des livrets tout faits, qu'on
lui demandait de retoucher, et l'obligeant poète avait même grand
peine à se débarrasser des importuns. C'est ainsi qu'il eut affaire vers
1837 à un auteur, tout à fait oublié aujourd'hui, François Grille, qui
composait alors des opéras et prétendait les faire jouer. Pour cela, il
cherchait un collaborateur qui se chargeât d'achever ses ébauches,
et qui, lié avec les théâtres, fît jouer ses pièces. « Je pensais, dit-il
ingénument, à Scribe, à Vial, à Théaulon, à Deschamps [1]. » L'aimable Deschamps qui ne savait pas éconduire un solliciteur, accom-
pagne son refus de mille précautions. Mais il donne à son correspon-
dant des explications. Elles sont pleines d'intérêt pour nous, qui
étudions les rapports des librettistes avec les compositeurs. Nous
assistons ainsi au rôle que jouait Deschamps dans ce milieu, de
1830 à 1840.

« Vous savez, lui écrit-il en 1837, que l'on reçoit et que l'on joue
très peu de grands opéras et je sais qu'il y a des engagements de pris
pour 3 ans à peu près. Voyez où cela nous conduira. Je dois vous dire
aussi que je travaille en ce moment à deux opéras qui doivent passer
dans ces trois années. Nous trouverions facilement un bon compositeur, mais une autre difficulté pourrait se présenter : la première
condition de réception, c'est que le sujet convienne sous le point de
vue de l'époque, du lieu, de la couleur. Il faut surtout que l'Administration de l'Opéra, n'ait rien à donner qui se rapporte au temps, aux
costumes, à la mise en scène du nouvel opéra qu'on propose, afin
de ne pas se répéter, et ce n'est pas une des moindres difficultés. »

Ainsi Deschamps insiste sur la nécessité pour un opéra d'être neuf
d'aspect. Mais il parle surtout de l'encombrement actuel qui rend

1. Grille, *Autographes des savants et des artistes*, t. II.

l'administration de l'Opéra inabordable. « Les traités conclus, dit-il,
absorbent pour le moins la durée de son bail. » Il montre ainsi que
c'est une redoutable entreprise industrielle que de monter un opéra
nouveau. Il n'omet aucune des servitudes, que le théâtre lyrique
impose au poète et au musicien.

Bien loin de nier le mérite du livret que Grille lui a soumis, il en
loue le plan, ainsi que le dialogue rempli de passion et d'esprit, mais,
dit-il, « une seule chose, en y réfléchissant, manquait à cet opéra,
c'est un acte de fêtes et de danse, ingrédient indispensable dans
cinq actes de musique. »

Il renvoie d'ailleurs Grille à l'Opéra-Comique : « Une bonne partie
de votre dialogue, si piquant et si nécessaire dans votre œuvre, serait
perdue au grand Opéra, et ressortirait merveilleusement à l'Opéra-
Comique. Vous pouvez rendre à ce théâtre ses anciens beaux jours
de *Richard*, *Montano*, la *Dame Blanche*, etc. C'est encore une gloire et
puis c'est un avantage. Voyez, Monsieur, je suis bien désintéressé dans
ce conseil, car je ne vous suivrai là que de mes vœux ; je me suis
interdit toute autre scène lyrique que le Grand Opéra, où je travaille
fort peu et pendant peu de temps, car ma littérature n'est pas au
théâtre, ni mes goûts, ni mes habitudes. Le hasard m'y a jeté et
l'amitié de quelques compositeurs... »

L'obstiné solliciteur obtint du bon Deschamps qu'il fît des démarches pour placer son livret. Mais administrateur et compositeurs
répondent par un refus. « Sans traité et sans compositeurs, écrit
Émile Deschamps, point d'opéra possible, point de travail raisonnable », et le poète conclut, en confiant à Grille les circonstances qui
firent de lui un librettiste :

« J'ai toujours (le peu de fois où je suis arrivé sur la scène de l'Opéra)
trouvé les choses tout arrangées, je n'avais que l'ouvrage à faire.
Cela m'allait. Ici, ce serait le contraire — : l'ouvrage est fait ou à peu
près, et les démarches sont à faire ! — Il m'a fallu cette circonstance
pour apprendre par moi-même ce que c'est que pareilles démarches.
— En vérité je ne m'en doutais nullement, quoique je fusse au
milieu des intrigues — je les ignorais, tout occupé que j'étais de la
partie d'art. Non certes, je ne renonce pas à la littérature... Je
reprendrai la poésie des livres, poésie plus calme et consciencieuse, et
je quitterai tout ce qui est théâtre. Car l'œuvre n'est rien en comparaison des ennuis et des embarras qu'elle vous donne pour la produire.—
Que les deux opéras auxquels je travaille arrivent ou non à bonne fin,
je donnerai ma démission, et je me retire dans mon cabinet. Il faut
un tempérament et un caractère que je n'ai pas pour persister dans

cette voie. — A moins, je le répète, que la partie *affaires* m'arrive toute faite, et c'est là le difficile. »

Des deux livrets, auxquels il travaillait en 1837, le premier était celui de *Stradella*, dont Niedermeyer composa la musique ; l'autre était peut-être celui des *Francs-juges*, qu'il fit pour la musique de Vaucorbeil, ou celui de *Loyse de Montfort*, dont la musique était de F. Bazin. Mais avant cette date, il était arrivé, comme il dit, sur la scène de l'Opéra, avec le livret du *Don Juan* de Mozart et celui des *Huguenots*, pour lequel il prêta son concours à Scribe. Il avait même bien avant qu'il fut question de *Don Juan* et des *Huguenots*, dès l'année 1826, travaillé en collaboration avec G. de Wailly, au livret d'*Ivanhoé*, de Rossini, opéra en trois actes, arrangé pour la scène française par Pacini, et représenté pour la première fois sur le Théâtre royal de l'Odéon, le 15 sept. 1826. En voici le compte-rendu paru dans l'*Almanach des Spectacles* (année 1827, p. 130).

« Leila, musulmane, poursuivie par le farouche Boisguilbert, est défendue par Ivanhoé, fils de Cédric le Saxon ; mais son généreux protecteur ayant été blessé, elle tomba au pouvoir du vainqueur, dont elle repoussa l'amour avec horreur. Accusée d'être vendue au roi de France et d'avoir voulu soulever les Saxons contre les Normands, elle est condamnée au bûcher. Ivanhoé, malgré sa blessure, combat de nouveau Boisguilbert, triomphe et épouse Leila, reconnue pour la fille d'un noble chevalier saxon, mort en Palestine.

« Cette imitation de Walter Scott a réussi. La musique, tirée de *Semiramide*, de *Moïse*, de *Tancrède*, de la *Pie*, etc., a été arrangée par M. Pacini. »

Le critique du *Globe* (19 sept. 1826) est moins indulgent pour les auteurs du livret. « Ils ont réussi, dit-il justement, à effacer, à convertir en mannequins tous les personnages vivants de W. Scott. » Il leur reproche surtout d'avoir mutilé « la pensée du romancier-historien, en travestissant, par crainte de la censure, le juif Ismaël et sa fille, la charmante Rebecca, en d'inoffensifs musulmans. Quant à la musique, il reconnaît qu'elle est « magicienne », étant de Rossini. « Les *dilettanti*, ajoute-t-il, qui vont à l'Odéon, en devront prendre leur parti ; ils n'y entendront que des symphonies et des chœurs... Il faut s'étudier à n'écouter que l'orchestre. »

Les éléments dont la partition d'*Ivanhoé* était composée, avaient été empruntés aux œuvres de Rossini[1]. Quant à l'auteur de ces emprunts, l'arrangeur musical, il s'appelait Emilien Pacini.

1. C'est d'ailleurs, pour un amateur d'aujourd'hui, un genre assez curieux que celui auquel appartient l'*Ivanhoé* de Pacini. Nous lisons dans le Répertoire des pièces jouées à l'Odéon, publié par Porel et Monval (t. II, p. 86), que la musique

Ce Pacini était le fils d'Antonio Francesco Gaetan Pacini, napolitain qui fonda la maison d'éditions musicales, cédée par lui, plus tard à son gendre, M. de Choudens. Né à Paris, le 15 nov. 1811, il est mort à Neuilly le 25 nov. 1898. Il fit sa carrière dans l'administration des théâtres et remplit jusqu'en 1871 les fonctions de censeur. Ses qualités d'homme du monde l'avaient tout naturellement désigné, paraît-il, pour faire connaître aux auteurs les décisions du comité. Grand amateur de musique, il avait vécu dans l'intimité de Rossini, de Meyerbeer et de Verdi. C'est lui qui écrivit le livret du *Trouvère*, parmi tant d'autres livrets d'opéra et cantates dont on trouvera la liste en note. Il avait épousé, aux environs de 1865, la mère du compositeur Jules Cohen [1].

Quant aux deux poètes, G. de Wailly et Emile Deschamps, nous voyons bien ce qui les avait intéressés dans ce travail, au plus fort de la bataille romantique. Il s'agissait d'introduire dans la musique la

de cet opéra avait été prise dans *Sémiramide*, *Moïse*, *Tancrède*, la *Pie voleuse*, et arrangée avec beaucoup d'habileté par M. Pacini. Ces sortes de pots-pourris musicaux avaient été fort longtemps à la mode.

Le genre dans lequel s'exerçait Pacini s'appelait *pot-pourri*, ou plutôt *pasticcio* ou *pastiche*. « Le mot de *pot-pourri*, nous écrit M. de Wyzewa, s'employait de préférence pour désigner des compositions de même sorte, mais dans la musique instrumentale. Le *pasticcio* dramatique semble bien être né à Londres. Il y a eu dans cette ville, vers 1720, un livret du poète John Gay, intitulé : *The Beggar's Opera*, l'*Opéra du Mendiant*, qui a obtenu un succès immense. Sur ce livret nouveau dont le fond est une histoire très réaliste de mendiants et de voleurs, on avait adapté toute espèce d'airs extraits d'opéras italiens et français antérieurs. Et puis, durant les années suivantes, le genre du *pasticcio* s'est répandu à travers l'Europe. Il n'y avait pas un seul théâtre d'Italie ou d'Allemagne qui, en plus d'un ou deux opéras nouveaux, ne servît à ses abonnés un ou deux *pastiches*, parfois avec des livrets nouveaux, et parfois même avec les vieux livrets de Métastase, ornés à présent d'une musique empruntée à d'autres opéras, anciens ou récents. Le genre a eu une fortune incroyable...

« Il serait curieux, nous dit encore M. de Wyzewa, de rechercher, à l'époque romantique, où en était chez nous la décadence bien certaine de ce genre bizarre. »

Ce qui dut longtemps favoriser ce genre, c'était sans doute le privilège des théâtres lyriques qui avaient un monopole ; on ne jouait pas comme on voulait des opéras inédits. D'autre part, le genre dut cesser quand fut promulguée la loi sur les droits d'auteur. (Suggestion de M. Arthur Pougin.)

1. On peut lire une notice détaillée sur Emilien Pacini dans le *Bulletin de la Commission municipale historique et artistique de Neuilly-sur-Seine*, 10e année, 1912, p. 124.

Liste de ses œuvres, communiquée par M. Arthur Pougin :

Stradella, opéra en 5 actes, Emile Deschamps et Pacini, Niedermeyer, Opéra, 3 mars 1837.
Loyse de Montfort, cantate pour le prix de Rome, Emile Deschamps et Pacini, François Bazin, exécutée à l'Opéra le 7 octobre 1840.

Le Freischütz, de Weber, traduction de Pacini, Opéra, 7 juin 1841.

Les Deux Princesses, opéra-comique en 2 actes, musique de Wilfrid d'Indy, salle du Conservatoire, pour une œuvre de bienfaisance, janvier 1850.

La Rédemption, mystère en 5 parties avec prologue et épilogue, Em. Deschamps et Pacini,

révolution, qui s'accomplissait dans la littérature et dans la peinture, et de faire triompher dans l'opéra le Romantisme.

1826 est un *moment* dans l'histoire de la musique dramatique en France, comparable à celui des représentations d'*Othello* ou d'*Hernani* au Théâtre Français. C'est la date de la représentation du *Siège de Corinthe*, c'est-à-dire celle de la première apparition de Rossini à l'Opéra. Il allait bientôt y faire applaudir *Moïse*, le *Comte Ory*, *Guillaume Tell*, et partager pendant plus de quarante ans la faveur du public avec Meyerbeer [1].

Or, c'était une révolution véritable. Le vieil opéra français avait fini son temps comme la tragédie classique. Dans ce genre noble, sévère et pompeux, Gluck et Rameau avaient eu l'art de rendre la musique expressive et révélé les sources d'un pathétique comparable à celui de Racine. Mais le genre avait cessé de plaire. Il fallait au public nouveau un art moins profond, mais plus varié, surtout plus pittoresque.

Spontini [2] le premier, rompant avec la tradition des maîtres du

Giulio Alary, exécuté le 14 avril 1850, et chanté par Barbot, Bussine, Arnoldi, Ch. Ponchard, Mmes de Rupplin, Donory et Séguin.

Sardanapale, opéra, Pacini, Giulio Alary, Saint-Pétersbourg, février 1852.

Louise Miller, de Verdi, traduction de Pacini, Opéra, 2 février 1853.

Stella, cantate dramatique, Pacini, marquis Jules d'Aoust, exécutée chez celui-ci en mai 1853.

Cordélia, opéra, Em. Deschamps et Pacini, Séméladis, th. de Versailles, avril 1854.

Crimée, cantate, Pacini, Ad. Adam, Opéra, 17 mars 1856.

Le Trouvère, de Verdi, traduction de Pacini, Opéra, 12 janvier 1857.

Pierre de Médicis, opéra en 4 actes, Saint-Georges et Pacini, prince Poniatowski, Opéra, 9 mars 1860.

La France, cantate, Pacini, Eugène Gautier, Opéra, 15 août 1861.

Le Chant des Titans, Pacini, Rossini, exécuté aux concerts du Conservatoire le 22 décembre 1861.

Erostrate, opéra en 3 actes, Méry et Pacini, Reyer, Bade, 21 août 1862, Opéra, 16 octobre 1871.

Hymne à Napoléon III, à son vaillant peuple, Pacini, Rossini, exécuté à la séance de distribution des récompenses à l'Exposition universelle de 1867.

Le Psaume 137, Pacini, Jules Beer (neveu de Meyerbeer), exécuté chez le compositeur, le 23 janvier 1868.

1. Cf. Albert Soubies, *Soixante-sept ans à l'Opéra... du siège de Corinthe à la Walkyrie* (1826-1893), Paris, Fischbacher, 1893. — L'année suivante, en 1827, Edouard d'Anglemont composa le livret de l'opéra de Rossini, *Tancrède*, monté à Paris pour l'arrivée de son auteur en France. C'est une adaptation lyrique des vers de Voltaire. — Première représentation : 7 sept. 1827, à l'Odéon, scène alors mi-dramatique, mi-lyrique.

2. Spontini, d'après la correspondance que nous avons trouvée parmi les papiers de Deschamps, paraît avoir été, être devenu, pour mieux dire, un ami intime du poète. Voici en quels termes il le félicitait du succès de son *Macbeth* à l'Odéon en 1848 :

« Plaignez-moi, hélas ! mon bien excellent et très cher ami, car je n'ai pas eu le bonheur d'assister à votre beau succès bien mérité, que les journaux m'ont appris. D'abord, j'ignorais entièrement l'événement de cette représentation, et ce qui est plus funeste encore, c'est qu'à la rentrée de l'automne, j'ai été repris ici, à la Muette, d'une nouvelle atteinte de surdité *(sic)*

xviie et du xviiie siècle, avait introduit, avec son *Fernand Cortez*,
sur la scène de l'Opéra, un souffle guerrier, une couleur moderne qui
avaient enchanté les contemporains de l'épopée impériale.

Rossini [1], avec tout le prestige séduisant de son génie passionné,

qui se joignant à mon état nerveux habituel, me tient dans un désespoir insupportable inces-
sant, figurez-vous le cruel martyre de ne plus entendre un seul son de voix humaine, ni en
prose, ni en vers, ni en musique, et de vivre comme un automate ! ! !

« Recevez donc nonobstant, cher ami, mes félicitations bien sincères et bien vivement
senties pour votre triomphe, dont quiconque y a assisté et qui m'en a parlé m'a assuré avoir
été profondément ému. J'espère de pouvoir vous les renouveler de vive voix ces félicitations,
lorsque rentré en peu de jours dans Paris, j'essaierai d'aller me placer au théâtre de manière
à comprendre ce qui me sera possible.

« Veuillez agréer, en attendant, mon bon et bien cher Emile, l'assurance de mes sentiments
les plus distingués et sincères.

> « Du chateau de la Muette, à Passy.   Spontini.
> « Ce 9 novembre 1848. »

Deschamps avait écrit quelques vers pour le buste de Spontini que le musicien
lui avait offert. Ce buste, nous ont dit les personnes qui ont pu visiter Deschamps
soit à Paris, soit à Versailles, occupait dans son salon une place d'honneur. Il a
été brisé pendant le transport du mobilier du poète, après sa mort, de Versailles
au château du Rocher, à Savigny-l'Evêque, dans la Sarthe. Voici le billet que
Spontini écrivit à Deschamps pour le remercier de ses vers :

« Vous n'avez jamais su tracer, mon très cher et excellent ami, ni prononcer un mot à mon
égard qui n'ait pas été un bien gracieux compliment ou l'expression sincère du sentiment
d'amitié franche et loyale, telles que les rimes charmantes qu'avec abondance de cœur il vous
a plus de m'adresser le 17 courant, en les plaçant au-dessous de mon buste, auquel vous avez
donné un si cordial asile !

« Veuillez agréer... »

> Paris, 22 mai 1849.

Quand Spontini rédigea son testament, il convoqua Emile Deschamps, le
considérant presque comme son légataire universel, si nous entendons bien les
termes de la lettre suivante !

« Vous fûtes, mon très cher et excellent ami Emile Deschamps, le *tout premier*
et unique confident de *mon projet de legs*, dont nous parlâmes, lundi dernier, avec
M^r le prince de Craon, et mon intention a toujours été de vous y *intéresser* tant
soit peu et de quelque manière à chercher entre nous deux, comme un intime
souvenir de notre honorable, sincère et étroite amitié, et cela, lorsqu'on aurait
rédigé et stipulé l'acte public notarié, suivant ponctuellement ma volonté absolue,
sine qua non, expresse dans ma lettre en question... »

(Il cite ici un acte notarié et déposé à Rome en avril ou mai 1843 « en faveur,
écrit-il, de mes institutions de bienfaisance de ma patrie *Majolari*. »). — De cette
lettre assez obscure, il semble se dégager que ses intentions aient été méconnues,
ses prescriptions violées ; et il en réfère à Emile Deschamps, comme au seul ami
capable de prendre en mains ses intérêts.

1. Quant à Rossini, il n'eut pas de plus fervents admirateurs que les deux frères
Deschamps. Son nom paraît souvent dans leur correspondance. En 1858, Emile,
assez souffrant, était parti se reposer au bord de la mer ; Antoni lui écrit cette
lettre :

> « Passy, 23 août 1858.

« Mon cher Emile,

« Je suis enchanté que tu aies vu les fêtes de Cherbourg. C'est une distraction qui a dû te
faire du bien. Je suis persuadé que le voyage et l'air de la mer raffermiront les nerfs de ta
tête dont tu souffres encore un peu. Rossini, à qui j'ai remis tes vers, te remercie doublement,

entra dans cette voie en triomphateur. Déjà son *Comte Ory*, par sa grâce légère, gagnait tous les cœurs, qui furent sous le charme, quand parut *Guillaume Tell*.

On touche du doigt la cause de ces succès éblouissants, quand on parcourt cette ébauche médiocre du livret d'*Ivanhoé*, composée par De Wailly et Deschamps en 1826. Ces quelques pages de prose

sachant que tu as pensé à lui, malgré quelques inquiétudes nerveuses ; il y compatit très bien, car il est coutumier du fait. Il t'attend comme moi, avec l'espoir de te voir tout à fait rétabli. Madame Rossini se joint à lui.

« J'avais rencontré M. Rousset et Legouvé. Legouvé a été très content de te voir à Trouville, où tu lui as lu des passages de *Roméo et Juliette*. Il vient d'être très applaudi à l'Académie pour sa pièce de vers à *Manin...* »

Le mois suivant, Antoni écrivait encore à Emile ce billet :

« Passy, 13 septembre 1858.

« Mon cher Emile, Je quitte Rossini à l'instant ; il a bien regretté de ne s'être pas trouvé chez lui samedi matin ; il espère que tu viendras le dédommager de ce contretemps dimanche prochain à six heures. Mme Rossini se joint à lui et arrange un petit dîner d'amis. Nous nous trouverons à la villa Beauséjour à 6 heures. Je m'y rendrai de mon côté.

« J'ai reçu ta lettre...

« A dimanche donc.

« B. à toi.

« Antoni DESCHAMPS. »

En 1867, les deux frères sont deux vieillards préoccupés de la santé des grands hommes qui furent leurs amis. Antoni signale à Emile l'attitude de Rossini devant la maladie et la mort : il le compare à Lamartine et à Sainte-Beuve : « Lamartine est souffrant. Cependant sa nièce m'a dit dernièrement qu'il allait un peu mieux.

« Sainte-Beuve ne va pas trop bien. Cependant, il détend par moment son cynisme philosophique.

« Quant à Rossini, il prend tout gaiement. »

Rossini mourut l'année suivante, et Antoni rend compte du triste événement à son frère :

« Passy, 22 novembre 1868.

« MON CHER EMILE,

« J'ai porté ta carte moi-même chez Madame Rossini, qui ne recevait pas encore, tant elle est accablée par son malheur et les fatigues des derniers jours. J'ai vu Vaucorbeil et quelques amis, Français et Italiens, qui s'étaient mis à sa disposition et qui avaient passé plusieurs nuits dans sa maison.

« Tout le monde a fait son devoir et a témoigné sa douleur d'une manière touchante. Madame Erard et Madame Alboni ont été constamment dévouées auprès de Madame Rossini ; il a beaucoup souffert dans les deux dernières nuits, surtout de l'érésypèle qui avait envahi toute la partie inférieure du corps. M. Barthe et M. Nélaton ont fait tout ce que la science et l'amitié ont pu faire.

« Hier, nous avons rendu les derniers devoirs au plus grand musicien du siècle. L'affluence était immense à la *Trinité* et sur les boulevards ; au Père La Chaise on ne pouvait plus entrer. A 2 h. Mme Alboni, Mad. Patti, Melle Nelson et Faure ont chanté le *Stabat* et la prière de *Moïse* d'une manière admirable et digne de l'illustre mort.

« Tous les journaux sont remplis des détails de la cérémonie et d'appréciations sur le génie de Rossini.

« Les députations de Pesaro, de Bologne et de Florence, étaient présentes, ayant à leur tête l'ambassadeur d'Italie, le commandeur Nigra. Elles ont réclamé le corps de Rossini, mais sa volonté est formellement exprimée dans son testament : il désire reposer à perpétuité dans la terre de France, sa patrie adoptive. »

dialoguée, coupée de morceaux lyriques écrits en vers, sont une date dans l'histoire de l'évolution du livret.

Depuis le XVIIe siècle, avec les beaux livrets, que Quinault composa pour Lulli, jusqu'à la fin de l'Empire, l'Opéra est surtout mythologique ; ce ne sont que des *Atys*, des *Iris*, des *Bellérophon*, des *Phaéton*, des *Persée*. Il y eut bien quelques livrets empruntés aux poèmes de l'Arioste et du Tasse, et de là les *Alcine* et les *Armide, Tancrède, Renaud, Bradamante*, mais on peut dire qu'en dépit de ces brillantes exceptions, la poésie sur le théâtre lyrique est inspirée, comme sur la scène tragique, par l'antiquité grecque et latine.

Or, on ne s'inspire pas de l'Antiquité, même superficiellement et pour le décor, sans subir, malgré qu'on en ait, sa haute et sévère conception de l'art, la noble discipline classique.

C'est à peine si, avec le *Tarare* de Beaumarchais, dont il faut lire la préface, l'évolution commence. L'imagination et la sensibilité ne s'insurgent pas encore contre l'autorité de la raison dans les arts. Le musicien qui, comme Lemoyne, l'auteur d'un *Louis IX en Egypte*, s'inspire du moyen-âge, est comparable à Moncrif, qui composait dès 1751 des ballades dans le goût troubadour : on peut dire de lui ce que l'on dit d'une hirondelle, qu'elle ne fait point le printemps.

Le printemps du genre nouveau pointe seulement avec le *Fernand Cortez* de Spontini, et n'éclate en son irrésistible force qu'avec les premiers opéras de Rossini, auxquels le nom de Deschamps est associé, comme pour sceller l'union des poètes et des musiciens en pleine bataille romantique.

Peu importe la médiocrité intrinsèque du livret d'*Ivanhoé* ; il symbolise l'idéal de ce qu'allait être l'opéra nouveau : un drame à grand spectacle, ayant l'intérêt d'un roman de Walter Scott, uni parfois à celui d'un conte d'Hoffmann, avec ce surcroît de séduction qu'apportent le chant et la musique. Deschamps qui s'essayait pour la première fois à collaborer avec un musicien, avait travaillé trop vite ; lui qui devait plus tard corriger Scribe, n'avait pas même atteint son niveau, et la médiocrité de sa tentative avait dû soulever bien des critiques justifiées et d'autres reproches qu'il n'admettait pas. Ainsi, les esprits formés aux disciplines classiques, qui appréciaient chez Gluck et Rameau l'union profonde de la musique et des paroles, et l'emploi des moyens proprement lyriques à l'expression des sentiments et des caractères, ne pouvaient tolérer dans l'opéra nouveau l'insignifiance des paroles et la nullité du rôle départi à la poésie.

Victor Hugo s'était peut-être fait — à cette date il n'y aurait rien

d'étonnant — l'avocat des classiques auprès de son impétueux ami ;
en tous cas, c'est à lui que Deschamps adresse l'apologie de l'opéra
nouveau, et confie ses idées sur les relations de la poésie et de la
musique.

Dans la lettre suivante, respire toute l'intransigeance du sensualisme italien qui s'emparait alors du goût public. Plus tard, Deschamps
aurait tenu peut-être un autre langage, quand il aura longtemps
fréquenté Berlioz : pour le moment, il parle en dilettante, épris de
Rossini :

E. D. a V. H.

« Ce vendredi, 22 sept. 1826.

« Vous êtes bien bon, cher Victor, de vous occuper un peu d'*Ivanhoé*.
Vous savez que ces sortes d'ouvrages ne sont que des prétextes à une musique délicieuse. Il est vrai que ces prétextes peuvent être plus ou moins
raisonnables.

« Sous ce rapport, il y a de l'art et du goût dans la disposition du nouvel
opéra. Ce sont des situations et des tableaux qui se succèdent, les notes de
Rossini en sont les paroles. L'ouvrage est donc merveilleusement écrit. —
Au surplus, beaucoup de gens de lettres, et même des gens d'esprit, ne con-
naissent rien aux limites et aux préséances des arts. Parce que la poésie est
fort au-dessus de la musique, ils veulent qu'elle domine partout et toujours. C'est une absurdité. L'auteur, dans un opéra, est subordonné au
musicien, comme dans un ballet le musicien à son tour est subordonné au
chorégraphe, et cependant la danse est fort inférieure à la musique.

« Si vous voulez de la poésie, allez entendre *Athalie* ou *Saül*. Mais ne
demandez pas à un art les émotions d'un autre. Il n'y a plus que confusion
et incertitude dans l'ouvrage comme dans le plaisir. Chaque genre de
spectacle est donné au bénéfice d'un art, et alors les autres arts sont secon-
daires relativement, quelle que soit leur supériorité absolue... » (Lettre
inédite communiquée par M. Gustave Simon).

Voilà certes une thèse fort dangereuse. D'abord, sous couleur de
respecter les bornes des arts, elle tendait, en séparant si nettement la
poésie de la musique, à vider celle-ci de tout contenu intellectuel, et
à la réduire à être avant tout ce que Stendhal appelle « un plaisir
physique extrêmement vif [1] », capable uniquement par l'ébranlement
qu'il communique au cerveau, « de fournir à notre imagination des
images séduisantes, relatives à la passion qui nous occupe dans le
moment », mais encore c'était une excuse offerte à la médiocrité des
compositeurs de livrets. Or, nous avons dit qu'Emile Deschamps
s'était préoccupé de rendre à ce genre la tenue littéraire dont l'avait
autrefois doté Quinault.

---

1. Stendhal, *Vie de Rossini*, tome I, p. 13.

V

LE LIVRET DE « DON JUAN ». — DESCHAMPS ET LES BLAZE

Deschamps refit le livret de *Don Juan*, et ce petit poème est une œuvre qu'on peut lire avec plaisir, indépendamment de la musique.

On relit avec agrément le livret de *Don Juan*, écrit par Deschamps, mais il entraîne l'esprit dans un monde agité, violent, frénétique et fatal, qui n'a rien de commun avec celui où se mouvait la fantaisie légère de Mozart. Il y a entre Mozart lui-même et l'interprétation que Deschamps, Castil Blaze et son fils donnèrent de son chef-d'œuvre, en 1834, un écart si tranché, qu'il faut s'y arrêter un peu.

, L'histoire des représentations de *Don Juan* apparaît dès l'abord comme singulièrement complexe. Nous avons entendu seulement en 1913, à l'Opéra-Comique, la version originale de *Don Juan*, divisée en deux actes. On s'est livré au début du xixe siècle, à un véritable dépeçage du chef-d'œuvre, et il n'est pas facile d'ailleurs d'en percevoir clairement la raison. Quoi qu'il en soit, la restitution qu'en ont tentée en 1834 Deschamps et les Blaze, est bien méritoire, si l'on songe à la dénaturation ridicule que lui avait fait subir le musicien Kalkbrenner en 1805, et ses paroliers Thuring et Baillot, mais prise en elle-même, elle est encore très étonnante, et ne s'explique précisément que si l'on songe à l'évolution du grand opéra telle que nous l'avons décrite toute à l'heure.

Si les deux actes primitifs du *Don Juan* ont été écartelés en cinq actes, c'est qu'ils devaient offrir une matière suffisante à ce grand spectacle, qui réjouissait les yeux du public de ce temps-là. On venait au théâtre lyrique, Deschamps nous le disait plus haut, pour voir presque autant que pour entendre. De là, ce souci du décor pittoresque qui caractérise le livret et la partition de 1834 ; de là cette barbare coupure opérée dans le beau finale du second acte pour ménager l'entrée saugrenue d'un chevalier maure et l'introduction d'un ballet ; de là, au dénouement, non seulement le chœur des damnés attendant *Don Juan* et tout un cortège de fantômes, qui offre un contraste romantique

avec celui des vierges procédant aux funérailles de Donna Anna, mais
encore, pour corser le spectacle, les accents du *Requiem* de Mozart
grossièrement rattaché à la pièce par le caprice des arrangeurs. On
sent que le souvenir des effets de théâtre, qui avaient réussi trois ans
auparavant dans *Robert le Diable*, a inspiré cette interprétation
romantique de *Don Juan*. On a fait cette remarque que pour permettre
aux deux actes de Mozart de fournir la matière des cinq actes d'un
grand opéra, il avait fallu supprimer plus de cinquante pages du texte
original et accroître en revanche la partition de deux cent vingt-huit
pages d'additions plus ou moins heureuses. Ce traitement sauvage,
infligé à l'un des plus purs chefs-d'œuvre de la musique, exaspère à
bon droit les gens de goût de notre temps, qui ont une véritable
culture esthétique, et se font une idée profonde de la création musicale. Mais n'oublions pas que cette altération flagrante de l'harmonie,
de l'unité d'un chef-d'œuvre lyrique frappait infiniment moins les
dilettanti du règne de Louis-Philippe. Ce qu'ils admiraient dans
Mozart, ce n'était pas la pensée musicale du maître, c'était l'abondance
des mélodies, la variété des airs que l'oreille retenait aisément. M. Lalo
qui les critique si sévèrement a mis excellemment leur point de vue
en lumière :

« Cette manière de comprendre Mozart date de l'époque où l'opéra
italien de Rossini, de Donizetti et de Bellini, conquit la France et
où les *Nozze* et *Don Giovanni* alternaient sur l'affiche avec *Semiramide*, la *Sonnanbula* et *Lucia de Lammermoor*. Les uns et les autres
avaient alors pour interprètes les mêmes chanteurs illustres. Les
dilettantes... allaient au théâtre beaucoup moins pour goûter Mozart
et Rossini que pour entendre le divin Rubini ou l'adorable Pasta,
ou la délicieuse Grisi [1]. » Les morceaux qui faisaient leurs délices
étaient ceux où ces grands chanteurs excellaient, « non pas les pages
où l'inspiration de Mozart apparaît dans sa richesse et sa force
véritables. »

Consultons-nous les critiques du temps de Louis-Philippe ? Ils
abondent presque tous, sauf quelques exceptions honorables, dans le
sens des *dilettanti*. Chez eux, jamais une allusion à la puissance
particulière du sentiment dramatique de Mozart, à l'extraordinaire
faculté d'évocation musicale qui était en lui, « à l'ampleur, à l'ordonnance, et à l'équilibre de sa conception, à l'unité merveilleuse de
son style. » Dès lors quelle importance pouvait avoir aux yeux du
public et des dilettanti les libertés que prenaient impunément les

---

1. Art. de P. Lalo, *Temps*, 21 mai 1912.

arrangeurs avec ce style, avec cette ordonnance intérieure qui leur échappait ? « Mozart était alors un compositeur de délicieuses romances. » Emile Deschamps en avait amoureusement serti les paroles, et tout Paris chantait ses vers [1].

Jules Janin, dans le compte rendu qu'il fit au *Journal des Débats*, le 10 mars 1834, de la triomphale reprise de *Don Juan*, dit la part qui revient aux auteurs du livret :

« D'abord on a refait le livret, écrit-il ; c'est le troisième livret usé par l'immortelle musique de Mozart. Le premier livret était une espèce d'œuvre sans nom, dont Paris s'était contenté fort longtemps et dont les vers sembleraient fabuleux aujourd'hui ; le second livret n'était pas sans mérite ; il est vrai qu'il était rudement écrit, mais il avait le grand mérite d'être clair, nullement maniéré, et d'aller droit au but sans grimace ni façon. L'auteur, M. Castil-Blaze, était un homme intelligent, qui savait très bien se servir de toutes choses, paroles et musique ; ce second livret a servi à faire le troisième et dernier livret, de M. Henri Castil-Blaze, jeune poète qui commence, le fils du précédent.

« M. Henri Castil-Blaze, dans cette traduction poétique, avait pour collaborateur un poète tout fait, M. Emile Deschamps. Leur traduction de *Don Juan* est sans contredit un beau tour de force. Le vers va tout seul, il marche, il court, il s'arrête, il prend tous les tons : comédie, tragédie, chanson, romance, poème descriptif, rien n'y manque. Les amateurs y ont remarqué des réticences sublimes dans le genre du *quos ego* de Virgile, et des hémistiches à faire frémir dans le genre du *qu'il mourût* du grand Corneille. Certainement le libretto de *Don Juan* ainsi traduit, peut donner, mieux que tout ce qu'on pourrait dire, une idée complète de la facilité incroyable avec laquelle

1. Ch. de Boigne, *Petits mémoires de l'Opéra*, Paris, 1857, in-8°. P. 75 « Le 10 mars 1834, *Don Juan* fit son apparition rue Lepelletier. En passant de l'Opéra italien à l'Opéra français, *Don Juan* s'était *ténorisé*, et bien lui en avait pris ; les *basses-tailles* ne sont faites que pour chanter les tyrans, les maris, les pères et les traîtres. Aux ténors, aux ténors seuls l'amour et la romance au pied d'un balcon ! *Don Juan* était admirablement *monté* : M. Véron avait ouvert sa caisse, et M. Duponchel avait présidé aux costumes et aux décorations ; le poème étincelait de vers charmants, poétiques ; et à l'Opéra on n'était pas blasé sur la poésie, le fournisseur ordinaire, M. Scribe, en est avare... »

C'est encore le livret de Deschamps qu'on représente à l'Opéra. Cf. Stoullig, *Les Annales des Théâtres*. En 1897, 17 fois ; en 1898, 6 fois ; en 1899, 3 fois ; en 1902, 7 fois ; en 1904, 4 fois. — Le 28 oct. 1904, Anna est représentée par Mlle Grandjean, Elvire par Mlle Demougeot ; Zerline par Alice Verlet ; le Commandeur, par Chambon ; Don Juan par Delmas ; Leporello par A. Gresse ; Ottavio par Scaremberg ; Mazetto par Bartet. — Au 2e acte, divertissement.

on fait aujourd'hui le vers français. Je ne crois pas que le vers latin
ait été poussé à des conséquences plus incroyables. »

Cet éloge ironique une fois donné aux versificateurs prestigieux, le
critique se sent plus à l'aise pour blâmer la recherche excessive du pittoresque et des effets mélodramatiques qui caractérise ce livret. Jules
Janin a bien compris le danger que faisait courir à la musique le triomphe du romantisme dans l'opéra, et s'il trouve que la splendeur des
décors qui encadre *Don Juan* est « d'un immense attrait », il est scan-
dalisé qu'à la fin du second acte « l'admirable finale ait été coupé par la
plus splendide fête qui se puisse voir », et condamne également le
dénouement postiche et « la misérable et inutile mutilation du
Requiem. » S'il constate que la mise en scène a produit « un grand
effet », il déclare hardiment que *Don Juan* « se passe fort bien de
toutes ces magnificences. Toutes ces places de marbre, tous ces palais
somptueux, ces nuits vénitiennes, ces tombeaux couverts de cyprès,
ces orgies aux mille femmes, ces danses et ces joies sans nombre,
toutes ces merveilles de l'Opéra de France... ne sont pas indispensables au *Don Juan* de Mozart... La partition du *Don Juan* est une
partition qui vit par elle-même... Donnez au *Don Juan* de Mozart
des interprètes dignes de lui ; et puis qu'importe le reste ! Un para-
vent, quatre chandelles, un clair de lune composé d'une toile rousse
et d'un quinquet, voilà de quoi suffire très bien à l'illusion de l'auditoire ; il n'y avait que cela sans doute à ce théâtre allemand où notre
conteur Hoffmann a vu des choses si belles et si grandes... »

Janin n'a point été choqué par le travestissement romantique que
les arrangeurs firent subir au personnage de Donna Anna. On sait
que l'idée de ramener celle que Mozart avait conçue comme une
fiancée pure, une fille accomplie, au type mélodramatique de la
femme, qui poursuit Don Juan tout en l'aimant, dérivait en effet du
conte d'Hoffmann ; cette incarnation de l'amour fatal ne pouvait
déplaire aux hommes de 1830, mais, d'accord avec les arrangeurs sur
la conception romantique du sujet, Janin se sépare d'eux, quand
il leur reproche d'avoir bouleversé l'ordonnance de l'œuvre et touché
à sa composition :

« En résumé, dit-il, le plus grave reproche qu'on puisse faire au
Don Juan de l'Opéra, c'est que, ainsi coupé en cinq parties inégales,
le *Don Juan* écartelé, détendu, étiré et disjoint, produit l'effet d'un Don
Juan coupé en morceaux pour servir d'entrée à Cardillac et autres
héros du boulevard... Il existe dans l'esprit d'un grand artiste une
suite d'idées nécessaires entre les diverses parties de son œuvre, et
en les séparant, vous ôtez les reflets, les oppositions qu'il a voulu

créer... Que sera-ce si vous introduisez des morceaux pris de toutes parts, comme sont les espèces d'ouvertures placées en chacun de ces cinq actes ? »

En effet, Deschamps l'avoue lui-même, dans la Préface mise en tête du livret, pour tailler dans « une œuvre écrite en deux actes », les cinq actes « presque indispensables » à un opéra français, il a fallu consentir, sinon à des altérations du texte de Mozart, ce qu'on eut regardé, dit-il, « comme un sacrilège », du moins à quelques coupures, à certains déplacements, surtout à ces développements que quelques situations dramatiques, volontairement corsées, exigeaient, et voici comment Deschamps présente la défense de ce système.

« Certes, dit-il, si Mozart avait conduit les répétitions de son *Don Juan* français, il n'aurait pas été remuer ses diverses partitions, pour y chercher les airs de danse, les entractes, les chœurs, les marches et tous les accessoires que ne comportaient pas les formes lyriques et les ressources théâtrales de son temps. La tête de cet homme était assez fertile, pour enrichir de nouvelles beautés musicales cette merveille déjà si complète. Mais le vainqueur manque à son triomphe, et, dans son absence, il a fallu demander à ses symphonies, à sa musique religieuse, à la *Clémence de Titus*, à la *Flûte enchantée*, etc., toute cette harmonie où nul, dans notre temps, n'aurait voulu s'aventurer. Quel autre que Mozart oserait grossir d'un air la partition de *Don Juan* ? Quel autre que Raphaël ajoutera une tête à la Transfiguration ? »

C'est en ces termes que les arrangeurs de *Don Juan* prétendaient témoigner leur respect d'une œuvre dont ils bouleversaient l'ordonnance. Qu'ils aient été de bonne foi dans leur protestation de respect pour Mozart, cela ne fait aucun doute. Ainsi Deschamps travestissait le *Romancero* ou tel drame de Shakespeare en croyant le traduire, et d'ailleurs quand il accepta de collaborer à la transformation de *Don Juan* avec Castil-Blaze et son fils, il ne pouvait se rendre compte comme nous en quelles terribles mains il était tombé.

Les Blaze père et fils, avaient peu de scrupules artistiques, le père surtout, le vieux Castil Blaze était un vétéran du « tripatouillage » s'il est permis de donner son vrai nom à la besogne qu'il accomplit toute sa vie. A vrai dire, il n'est pas plus coupable que le public qui l'applaudissait, et il faut reconnaître pour sa défense, qu'il n'a pas nui à la renommée des musiciens dont il dépeçait les œuvres sans vergogne. Son plus extraordinaire exploit à cet égard est le travestissement du *Freischütz* de Weber en un *Robin des Bois*, qui fit crier de douleur l'auteur outragé, et frémir de colère Berlioz. Mais le *Freis-*

chütz avait lamentablement échoué en 1824, et *Robin des Bois* fit une carrière triomphale. Castil Blaze d'ailleurs ne chercha point à cacher son rôle. Il exposa avec une verve amusante la tâche qu'il s'était donnée, dans son *Histoire de l'Opéra* [1], où il apparaît comme une espèce de Gaudissart de la propagande musicale. Voici comment il s'exprime tout crûment à propos du *Freischütz* de Weber : « Voyant que la pièce ne pouvait marcher, j'imaginai de l'estropier... de la tripoter à ma fantaisie afin de l'assaisónner au goût de mes auditeurs. » On peut penser ce que l'on veut d'une pareille méthode [2] ; on ne peut nier qu'elle ait servi à acclimater en France, dans un milieu défavorable à l'esprit même de la musique, les chefs-d'œuvres des musiciens étrangers [3]. *Omnis origo pudenda.*

1. *Théâtres lyriques de Paris. — L'Académie impériale de musique, histoire littéraire, musicale, chorégraphique... de ce théâtre*, de 1645 à 1855, par Castil Blaze, Paris, Castil Blaze, 1855, 2 vol. in-8º.

2. Dans le même ouvrage, il a exposé tout au long sa méthode, p. 181 :

« Aux opéras traduits fidèlement, tels que *Don Juan*, le *Barbier de Séville*, je mêlais de temps en temps des partitions formées de beaux fragments empruntés à divers ouvrages qu'il eût été périlleux de présenter en entier... Lorsque Weber, Rossini, Cimarosa, Paër, ne pouvaient me donner le fragment que je désirais, lorsque je ne trouvais aucun morceau capital qui vint cadrer avec la position dramatique de mon livret, je remplissais le vide, souvent énorme, en composant des duos, des chœurs, des introductions, des finales surtout, car un finale tient trop d'espace, offre trop de variété dans ses images pour qu'il soit possible de le faire passer d'un drame dans un autre. Cette mosaïque, ce tableau mélodieux se déroulait devant les acteurs et les symphonistes, arrivait ensuite au public sans aucune confidence, aucun avis n'indiquant les noms des compositeurs de tous les fragments. Je ne prenais qu'à bon escient et l'on a trouvé que j'avais la main heureuse.

> Devine si tu peux, et médis si tu l'oses.

« J'ai composé de cette manière la valeur de neuf actes d'opéra. »

3. Une lettre écrite par lui à E. Deschamps en 1857, nous fait pénétrer encore plus avant dans la psychologie de ce bonhomme, intelligent, sans doute, mais sans scrupules :

« Paris, le 23 sept. 1857.

« Mon infiniment aimable collaborateur,

« Avant de quitter ce monde sublunaire, je suis très aise de livrer à mes compatriotes les découvertes que je crois avoir faites dans les landes, jusqu'à ce jour et depuis sept cents ans, incultes de la poésie lyrique française : *poesis cantanda*, devant être chantée et non parlée. L'*art* des vers lyriques, tel est le titre d'un volume qui s'imprime, et dans lequel je vous institue un de mes légataires avec prière de continuer l'œuvre de civilisation que nous avions si bien commencée au théâtre — carrière qui m'est interdite par un accord mystérieux, occulte, fait entre les directeurs de théâtre lyrique et les paroliers que mes projets de réforme épouvantent. Je vais les attaquer sur un autre point, en publiant une première livraison de 30 chants guerriers, paroliés sur ce que les maîtres ont produit de plus flambant dans tous les genres. Selon ma coutume, je compose les airs, lorsque je ne trouve pas chaussure à mon pied. Mais j'ai soin d'être discret, avare de ces licences. *Guis*, seigneur de Cavaillon, dit *Guy*, troubadour du xiᵉ siècle, Lulli, Hændel, Gluck, Mozart, Mehul, Beethoven, Rossini, Weber, Grétry, etc., m'ont fourni des richesses que je vous ferai connaître en vous offrant mon livre.

« *Loyse de Montfort* s'y trouve citée avec le plus grand honneur. Mais je voudrais ajouter à mes exemples donnés à la fin du volume deux ou trois pièces de votre façon, couplets, romances,

Il n'a pas été moins explicite quand il rappela ce qu'il fit pour le *Don Juan* de Mozart. C'est lui, qui se chargea des modifications musicales, et ce n'est que pour le livret qu'il eut recours à Emile Deschamps :

« ... J'avais déjà fait représenter *Don Juan* à l'Odéon. Pour amener cette pièce à l'Académie, il fallait mettre en vers le dialogue que les acteurs de l'Odéon étaient obligés de parler : un règlement absurde le voulait ainsi. Mon fils entreprit ce travail ; M. Emile Deschamps se mit à l'œuvre aussi. Le charme de leur poésie, la fraîcheur des idées se firent jour à travers le voile musical. La scène de séduction entre Don Juan et Zerline fut remarquée et saluée par des témoignages unanimes d'approbation ; d'autres fragments obtinrent la même faveur. Leur livret est le mieux écrit que l'on ait jamais applaudi sur les théâtres. Je dis *leur livret*, parce qu'ils avaient traduit en entier la pièce de Da Ponte, en adoptant les idées de Hoffmann sur le caractère et les sentiments de Donna Anna. Ce livret était lu dans la salle, et les acteurs chantaient ma traduction qu'il avait bien fallu conserver dans la mélodie pour ne pas en altérer les contours. Egarés pendant les morceaux de chant figuré, ces lecteurs reprenaient le fil de l'intrigue au retour du récitatif. »

Ainsi l'on se rend un compte exact de la part d'Emile Deschamps dans le travestissement romantique du *Don Juan* de Mozart. Il n'est pas responsable des altérations plus ou moins profondes que subit le texte musical de Mozart. Ce « tripatouillage » est l'œuvre du seul Castil-Blaze. La tâche qu'il s'imposa avait simplement consisté à traduire le livret italien de Da Ponte comme il avait traduit *Roméo et Juliette* et *Macbeth* ou le *Romancero* espagnol, c'est-à-dire à adapter l'œuvre étrangère au goût des Français de 1830.

Castil Blaze, dans le livret qu'il composa pour la représentation de *Don Juan*, qui eut lieu sur le théâtre de l'Odéon le 24 décembre 1827, s'était contenté de coudre aux récitatifs de Mozart la prose du *Don Juan* de Molière. Deschamps et Henri Blaze firent disparaître ce

---

airs de cantate, écrits mesurés, cadencés, *ad unguem*, un peu brefs. Vous pourrez les remettre à M. Gagneur, un de mes amis, *dilettante di prima sfera* en poésie, qui chérit vos productions et sera charmé d'en connaître l'auteur *de visu*.

« Mon *Orphéon militaire* est déjà chanté par tous les régiments, ce qui n'empêchera nullement les orphéonistes civils de s'en emparer. Je vous envoie un échantillon des morceaux imprimés.

« Je serais allé vous faire ma requête à Versailles, si deux éditions en train ne me retenaient ici. Mais j'irai vous remercier de votre largesse.

« Adieu, mon cher ami, votre infiniment dévot.

CASTIL-BLAZE.

Lettre inédite. Collection Paignard.

mélange hybride. C'était un travail vraiment littéraire qu'ils avaient
entrepris, et dans certains passages comme la scène de séduction
entre Don Juan et Zerline, ils ne s'inspirèrent pas moins heureusement
de l'italien de Da Ponte que de l'espagnol de Tirso de Molina pour
écrire ce joli morceau :

> Non, vous ne serez pas femme d'un paysan.
> Non, non, je ne veux pas que le soleil vous brûle.
> Eh ! que dirait le roi, s'il savait que Don Juan
> Vous a vue, et permet qu'un manant vous épouse !
> Qu'en d'ignobles travaux vous noircissiez vos mains,
> Vos mains blanches à rendre une infante jalouse !
> Et que vous déchiriez aux cailloux du chemin
> Vos pieds, vos petits pieds de comtesse andalouse !
> Non, à ces mains des gants, à ce cou des colliers ;
> Pour ces pieds des tapis ou la molle pelouse
> De mes grands bois de citronniers... [1]

Castil Blaze toutefois revendique la paternité d'un des couplets

1. Voici l'italien de Da Ponte : *D. Giovanni Tenorio Dissoluto punito, ossia il Convitato di Pietra, dramma semiserio per musica in due atti...* — Venezia, tip. Rizzi, 1833, in-12.

1. sc. vii...

Giov. à Zerl.

. . . . . . Voi non siete fatta
Per essere paesana ; un' altra sorte
Vi procuran quegli occhi bricconcelli,
Que' labbretti si belli,
Quelle ditucce candide e odorose.
Parmi toccar giuncata e fiutar rose.

« Vous n'êtes pas faite pour être paysanne ; un autre sort vous procurent ces yeux fripons, ces petites lèvres si belles, ces petits doigts blancs et parfumés. Il me semble toucher des ajoncs et humer des roses. »

Voici l'espagnol de Tirso de Molina :

DON JUAN

Ay Aminta de mis ojos !
Mañana sobre virillas
De tersa plata, estrellada
Con clavos de oro de tíbar,
Pondrás los hermosos piés,
Y en prisión de gargantillas
La alabastrina garganta,
Y los dedos en sortijas,
En cuyo engaste parezcan
Transparentes perlas finas.

« Eh! Aminta de mes yeux ! Demain tu poseras tes pieds gracieux sur des souliers lamés d'argent, constellés de clous d'or pur, tu emprisonneras ta gorge dans des colliers, et tu enchâsseras tes doigts dans des bagues où ils paraîtront autant de perles fines... »

Extrait de *El Burlador de Sevilla*. Cf. *Nueva Biblioteca de Autores españoles, bajo la dirección de...* M. Menendez y Pelayo. Comedias de Tirso de Molina. Madrid, Bailly-Baillière, 1907, in-8°, tome II, p. 646.

Th. Gautier. Dans le poème : *En passant à Vergara* fait le portrait « d'une jeune espagnole », qui semble la sœur cadette de la Zerline de Deschamps.

> Une taille cambrée en cavale andalouse,
> Des pieds mignons à rendre une reine jalouse,
>
> . . . .
>
> Et sous tes balcons d'or les molles sérénades.

Rev. des Deux Mondes, sept. 1841.

les plus applaudis à cette date, le couplet de l'air de la fête, qui est composé de petits vers aux rimes plates, acte II, sc. 1 :

> Va, qu'une fête
> Vite s'apprête,
> Puisque leur tête
> Faiblit déjà.

Ce couplet-type lui inspire même le curieux commentaire que voici : « Avec des paroles de la sorte ajustées, des vers cadencés, rythmés, affranchis, désossés de toute syllabe dure, sifflante, sourde ou malsonnante, l'ouragan de Mozart peut défiler avec la rapidité de l'éclair, sans que le chanteur ait à redouter le moindre écueil. Lorsque la voix s'élance à fond de train, à toute vitesse, il faut balayer avec soin le chemin, il faut éloigner les·menus obstacles qui pourraient le forcer à dérailler. Les morceaux de chant d'une grande rapidité, ces airs, ces duos, où chaque note enlève une parole, abondent, pullulent dans les opéras bouffons italiens, ils nous ont charmés à toutes les époques. Si nos musiciens n'ont jamais pu les introduire sur nos théâtres, c'est que ces airs, ces duos, ne sauraient marcher, courir, voler qu'à l'aide précieuse de la mesure et de la cadence du vers ; et nos paroliers n'écrivent qu'en prose [1]... »

On se souvient qu'Emile Deschamps, dans sa lettre à Victor Hugo, prétendait que le poète dans un opéra était subordonné au musicien. Cette subordination parfaite était le rêve de Castil Blaze, et l'on peut dire que Deschamps en avait donné l'exemple après le précepte dans le livret de *Don Juan*.

---

1. *Molière musicien*, par Castil-Blaze, t. I, p. 216. — « Castil-Blaze, né à Cavaillon, dans le Comtat-Venaissin, vers 1785, dit la *Biographie* de Rabbe, était le fils aîné de M. Blaze, avocat à Cavaillon... » D'où lui venait ce pseudonyme de Castil-Blaze ? Il l'avait probablement tiré de *Gil-Blas*. Lesage, dans un épisode de son roman (III, I), nous présente sous le nom de Don Bernard de Castil-Blazo, une sorte de philosophe pratique, assez sympathique, un homme qui aimerait l'argent pour en user à sa fantaisie. — Sur les Blaze, voir aussi la *Bio-bibliographie vauclusienne* de Barjavel.

VI

DESCHAMPS ET MEYERBEER

Nous retrouvons encore Emile Deschamps à l'Opéra deux ans après en 1836. Il est cette fois-ci aux prises avec un autre virtuose du livret, Eugène Scribe, et c'est Meyerbeer lui-même qui le supplie de remanier quelques scènes et de retoucher les vers du livret des *Huguenots*.

Ses relations avec le musicien semblent remonter au moins à l'année 1831, quand triompha *Robert le Diable*. Ce qu'était Delacroix pour la peinture, Hugo pour la poésie, Meyerbeer l'était aux yeux d'Emile Deschamps pour la musique, le génie même du romantisme [1]. Leur amitié semble avoir été dès le début fort étroite et ne cessa d'ailleurs qu'à la mort de Meyerbeer. Deschamps était le parolier ordinaire du musicien, quand il composait des romances, et l'on devine, en lisant la correspondance des deux amis, que le poète assista de bonne heure à la lente élaboration du poème qui devait s'appeler les *Huguenots*.

Il s'en était fallu de bien peu que le chef-d'œuvre de Meyerbeer ne fût pas joué à l'Opéra. Véron, par divers procédés indélicats, avait indisposé le musicien, et tant qu'il demeura directeur de l'Académie de musique (1831-1835), Meyerbeer refusa de mettre à la scène son œuvre nouvelle. Il ne la confia qu'au successeur de Véron, à Dupon-

---

1. La comparaison du grand musicien avec ces deux maîtres de la peinture et de la poésie n'est pas d'ailleurs un simple jeu d'esprit. On peut constater entre eux des affinités nombreuses et profondes. Meyerbeer eut comme Hugo et Delacroix l'imagination visuelle. Sa musique est essentiellement pittoresque et descriptive : qu'il évoque, comme dans *Robert*, une fantastique légende normande, ou s'inspire, comme dans les *Huguenots*, des passions religieuses du xvie siècle, il apparaît, suivant le mot de M. de La Laurencie, comme « une sorte de Michelet musical ». Ses personnages même ressemblent aux héros d'Hugo, et c'est son admirateur, Henri Blaze de Bury, qui a montré le premier *(Rev. des Deux Mondes*, mai-juin 1854, et *Meyerbeer et son temps*, du même auteur, p. 151) qu'il concevait les drames de l'histoire à la manière du poète et de l'historien, remplaçant toujours « le conflit des passions individuelles par celui de certaines idées éternelles ayant pour représentants des individus historiques ou des peuples. » Toutes ces qualités romantiques de Meyerbeer devaient séduire Emile Deschamps.

chel, qu'il appréciait depuis si longtemps pour l'ingéniosité de son goût et l'aménité de son caractère. Mais les difficultés qu'il eut avec la direction de l'Opéra n'étaient rien auprès de celles qui s'élevèrent entre lui et son librettiste. Eugène Scribe était à cette époque un personnage aussi important à l'Opéra que le Dr Véron lui-même, et sa domination qui s'étendait à d'autres théâtres ne fut point aussi éphémère. C'est lui qui pendant plus de trente ans fournit les diverses scènes parisiennes de ces produits qui n'avaient pas toujours le mérite de la nouveauté, mais qui ne cessaient point de plaire : il était le vaudevilliste à la mode, et dans les théâtres lyriques le librettiste indispensable.

H. Blaze de Bury a bien défini les qualités et les défauts du singulier collaborateur que les circonstances et le goût du public imposèrent à Meyerbeer. Il le dépeint comme un esprit chercheur, adroit, inventif dans ses comédies de genre [1] et qui apportait dans les combinaisons de ses grands ouvrages, destinés à la musique, un sens du romantique le plus dramatique, un art jusqu'alors inconnu de parler aux masses, de les entraîner.

« Scribe, dans l'acception littéraire du mot, n'exécutait pas... Chez Scribe c'est la situation qui domine ; la forme ne compte pas, l'œuvre ne vaut ni par le style, ni par la couleur ; mais comme matière à contrastes, comme programme musical, c'est quelquefois admirable. »

Ce que Blaze de Bury ajoute au sujet de la collaboration de Scribe avec Meyerbeer est d'une parfaite justesse : « Ce n'était pas comme avec Auber une association de deux esprits de même famille, se complétant l'un par l'autre ; c'était une sorte de commerce indépendant entre consommateur et fabricant. Poète autant qu'on peut l'être, Meyerbeer n'avait besoin que d'un metteur en œuvre habile à donner force de situation à l'idée qu'il apportait. Cette idée, Scribe ne la comprenait pas toujours du premier coup ; il la *désoriginalisait*, lui donnait couleur bourgeoise, et c'était au tour de Meyerbeer, la reprenant de ses mains, de lui rendre sa virtualité première. »

Une telle collaboration, on le conçoit, devait être orageuse. Ils avaient déjà failli se brouiller, quand ils travaillaient à l'opéra de *Robert le Diable*. Scribe ne s'était résolu qu'à grand peine aux modifications que lui demandait Meyerbeer. Il se montra plus obstiné encore dans son refus de retoucher le livret du poème, qu'il avait tiré des *Chroniques de Charles IX*, de Mérimée, et qui devait primitive-

---

1. II. Blaze de Bury, *Meyerbeer et son temps*, Paris, C. Lévy, 1865, p. 327 et sq.

ment être intitulé la *Saint-Barthélemy*. C'est ainsi que s'explique l'intervention d'Émile Deschamps.

Les relations du poète et du compositeur remontaient au moins, disions-nous, à l'époque des soirées triomphales de *Robert le Diable*. Voici une lettre adressée par Meyerbeer à Émile Deschamps. Elle est datée du vendredi 4 octobre 1833.

« MON CHER AMI,

« Je ne vous vois plus du tout, pas même à nos répétitions. Pour me dédommager de cette perte, il faut que vous me promettiez de venir dîner *demain samedi* avec nous. Mon frère [1] qui admire vos vers, mais qui vous connaît à peine personnellement, désire vivement lier plus ample connaissance, et comme il part prochainement, vous ne pouvez donc pas nous refuser pour demain ; vous trouverez aussi Messieurs Duponchel, Nourrit et autres personnes de votre connaissance ; aussi dites-nous un *oui*, mon cher ami.

« Votre,

« MEYERBEER. »

(Inédit. Collection Paignard.)

Duponchel était l'aimable secrétaire de l'Opéra, que nous avons vu succéder à Véron, comme directeur de l'Académie de Musique. Quant à Nourrit, c'était un ténor illustre qui partagea sous Louis-Philippe, avec Duprez et Mario la faveur du public. Ce grand artiste était un homme de goût et Meyerbeer avait en lui la plus grande confiance. De même qu'il avait su, par sa collaboration à l'une des pages capitales de la *Juive*, assurer le succès de l'opéra d'Halévy, nous allons le voir conseiller à Meyerbeer des corrections décisives à la partition des *Huguenots* [2]. Il était écouté comme un maître par la célèbre cantatrice Cornélie Falcon, et, grâce à cette entente, il obtint ce qu'il voulut du compositeur. Ces artistes étaient des familiers du salon de La Ville-l'Evêque. Ils chantaient, dans ces soirées fameuses où se réunissait l'élite du Paris littéraire et dilettante, les romances qu'avait composées Meyerbeer sur les poésies d'Emile Deschamps.

Le musicien écrivait un jour au poète :

« Mon cher Emil *(sic)*. J'ai vu M. Nourrit avant-hier, que j'ai trouvé tout disposé à nous prêter la collaboration tant utile. Veuillez vous trouver chez lui à 4 h. aujourd'hui où je serai aussi, pour causer de tout cela [3].

« Votre tout dévoué,

« MEYERBEER. »

1. Il s'agit de Michel Beer, poète dramatique.
2. Quel était le texte primitif du livret de Scribe ? C'est ce qu'il nous a été impossible de déterminer. Nous n'avons trouvé aucun manuscrit de lui, ni à l'Opéra, ni au Conservatoire, ni à la Bibliothèque Nationale.
3. Collection Paignard.

Un autre jour, le mardi 1er décembre 1834, Deschamps recevait encore ce gracieux billet [1] :

« Mon aimable Emil. J'avais déjà le chapeau en main pour venir vous prendre afin d'aller ensemble chez l'aimable Mademoiselle Falcon, quand je me suis rappelé que le but principal de la visite serait manqué, parce que la seule épreuve de notre romance que j'avais, a été offerte hier à Madame [illisible]. Je vais donc en demander à notre éditeur, et comme demain, c'est jour de répétition à l'Opéra, je pense que nous ferons bien de retarder notre visite à mercredi.

« Adieu, illustre Emil. Priez votre belle âme poétique pour qu'elle vous donne une inspiration digne de vous pour ce petit milieu de duo auquel je tiens...

« MEYERBEER. »

(Inédit. Collection Paignard.)

Emile Deschamps était aussi en relations avec le rival de Nourrit, le célèbre Mario, qui débuta à l'opéra le 5 décembre 1838 dans *Robert le Diable*. Il arrivait à la scène précédé par la renommée de ses aventures extraordinaires. Le jeune ténor, qui prenait pour patron le terrible consul de Rome, était le fils du marquis de Candia et appartenait à la meilleure noblesse de Sardaigne [2]. Brouillé avec sa famille, exilé de son pays après une conspiration où sa vie maintes fois fut en danger, il fut, après mille prouesses héroïques et amoureuses, accueilli dans la société parisienne, grâce à la recommandation du marquis de Bienne et de quelques nobles italiens exilés. Le prince et la princesse Belgiojoso, qui admiraient sa belle voix de ténor, le présentèrent à Rubini, à Meyerbeer. Il reçut leurs conseils, et comme la perspective du théâtre lui souriait, le compositeur lui confia le rôle de Robert. Il avait même ajouté à sa partition un air [3] fort difficile, et, en dépit du danger qu'il y avait pour le chanteur novice à décevoir le public après tous les contes fantastiques qui couraient sur lui, « Mario, écrit Théophile Gautier, fit honneur au comte de Candia. » A partir de ce jour, il fut célèbre, et s'il faut en croire le billet suivant, c'est Emile Deschamps qui composa les paroles de cet air nouveau introduit dans *Robert*, mais il fut jugé préférable de ne pas nommer le poète pour ne pas indisposer le public à l'égard d'un chanteur déjà trop vanté.

---

1. *Ibid.*

2. Cf. Judith Gautier, *Le Roman d'un grand chanteur (Mario de Candia)...,* Paris, Charpentier, 1912, in-8°. P. Lalo en fit le compte rendu dans le feuilleton du *Temps*, 1er oct. 1912.

3. Cet air nouveau fut tiré à part et parut sous ce titre : *Récitatif et Prière, composés pour les débuts de M. Mario dans* Robert le Diable, *et dédiés à M. Mario par Giacomo Meyerbeer.* — (Paroles d'Emile Deschamps), Paris, Maurice Schlesinger, in-fol.

« Mon cher Emil,

« M. Duponchel m'a dit qu'il trouvait plus convenable dans les intérêts
de M. de Candia, de ne pas faire savoir au public dans les [illisible] de
Paris que j'avais ajouté un nouvel air pour M. de Candia, que cela serait
peut-être afficher trop de prétentions pour le chanteur.

« Je n'ai donc pu lui parler et nommer l'auteur des paroles, puisqu'il
n'en veut pas parler du tout. Mais je prierai M. Bertin qu'il en parle comme
il faut dans le feuilleton de lundi.

« Veuillez le dire à votre tour à vos amis de la Presse. M. Duponchel
vous a fait marquer en ma présence une 4ᵉ loge. Ainsi veuillez la faire
chercher. Mille compliments à Mme Deschamps.

« Votre dévoué,

« Meyerbeer. »

(Inédit. Collection Paignard).

Émile Deschamps était, pendant les années qui ont suivi, comme
dans celles qui précédèrent l'apparition des *Huguenots* à l'Opéra, le
collaborateur aimé de Meyerbeer. L'habile compositeur, soucieux des
intérêts de sa renommée dans la société parisienne, entourait de
prévenances le poète choyé du grand monde. Il savait qu'une romance,
signée de leurs deux noms, ferait le tour des salons. Aussi lui propo-
sait-il sans cesse des plans de collaboration, et quand il lui arrivait
de quitter Paris, il tenait à rester en contact avec ce grand centre
artistique, par l'intermédiaire de Deschamps.

La lettre suivante nous révèle les préoccupations du grand homme
habile à gérer sa renommée ; elle est datée de Bade, ce 3 février 1835 :

« Mon illustre Emil.

« Une longue et pénible indisposition m'a empêché de vous écrire jusqu'à
présent et de vous renouveler tous mes remerciements. Quant à vous, aimable ami, en partant vous m'avez donné l'espérance que vous me communi-
queriez bientôt le plan de notre *Ange* et de nos *romances* et que vous
m'enverriez, abrégés autant que possible, les récits que je vous ai envoyés
le jour de mon départ de Paris. Mais les joies du Carnaval de Paris vous
absorbent, je le sais ; aussi me suis-je effacé volontairement. Mais voilà
venir le grand Carême et je me permets de vous rappeler l'ami absent et
nos plans de collaboration future. Je serai à Paris vers la fin d'avril et il
serait admirable à vous d'avoir arrêté pour cette époque définitivement
le plan pour l'*Ange* et les *Romances*, afin que nous puissions de suite les
discuter, aller à l'œuvre. Mais ce qui serait aussi très essentiel pour moi, ce
serait d'avoir, le plus tôt que votre amitié pourra disposer d'une couple
d'heures pour moi, l'abréviation des récits que je vous ai laissés et qu'il
me faudrait pour compléter mon travail. Cela serait le complément du
service que votre bonne amitié vient de me rendre.

« Il y a maintenant plus de deux mois que je n'ai plus entendu une note
de musique ; pendant ce temps, vous nagez dans les jouissances musicales.
Vous avez sans doute assisté aux *Puritains* de Bellini et à *la Juive* d'Halévy,

deux ouvrages dont on dit le succès colossal. Vous allez avoir deux opéras
nouveaux de Donizetti et d'Auber, et, avec tout cela, les concerts du Conservatoire, etc., etc. Enfin vous êtes des heureux mortels *(sic)*, vous autres Parisiens. J'aimerais bien à connaître l'opinion d'un juge aussi éclairé et de
bon goût sur les deux ouvrages de Bellini et d'Halévy, que l'on dit tous
les deux de la plus grande beauté.

« J'espère que la santé de Mme Deschamps lui aura permis de participer
à toutes ces joies musicales. Ma femme me charge de la rappeler au souvenir de Mme Deschamps. Elle rafolle de vos tendres et harmonieux vers
de *Rachel à Nephtali*. Quant à moi, j'espère que vous penserez à vos amis
absents et que pour première preuve de souvenir vous me donnerez de vos
nouvelles. Dans ce cas, veuillez envoyer votre lettre à M. Jouin, chef de
division à l'administration de la grande Poste, rue J.-J.-Rousseau, qui
me la fera parvenir.

« Mille et mille compliments de votre tout dévoué.

« MEYERBEER. »

(Inédit. Collection Paignard).

Quant à l'intervention d'Emile Deschamps dans la composition
du livret des *Huguenots*, voici le récit qui a cours parmi les critiques
qui ont étudié l'histoire de cet opéra. Nul ne conteste les remanie-
ments que Meyerbeer imposa à Scribe. Mais il ne se serait élevé de
dissentiment entre le compositeur et son librettiste qu'à propos du
finale du quatrième acte. « La scène qui rapproche à cet endroit
de l'action des *Huguenots*, Valentine et Raoul, écrit M. Henri de
Curzon [1], parut à Nourrit si maladroite et même si inconvenante
qu'il se refusa absolument, et Mlle Falcon avec lui, à la jouer telle
quelle ». En même temps, il indiqua de quel caractère, selon lui, elle
devrait être empreinte et quelle évolution elle devrait suivre. Scribe
ne voulut d'ailleurs rien modifier ; il fallut qu'Emile Deschamps se
chargeât d'écrire toute la nouvelle scène, service dont Meyerbeer,
enchanté, sut lui tenir compte, en lui attribuant discrètement une
part d'auteur sur ses propres droits. »

« Une nuit, rapporte un autre historien de Meyerbeer, M. H. Eymieu [2], le maître arrive tout ému chez son intime ami, M. Jouin,

---

1. *Meyerbeer*, par Henri de Curzon, p. 47.
2. Cf. H. Eymieu, l'*Œuvre de Meyerbeer*, p. 46. — Ch. de Boigne, dans ses *Petits
Mémoires de l'Opéra*, Paris, 1857, in-8º, p. 120, a raconté l'histoire de l'opéra des
Huguenots, et les démêlés de Meyerbeer et de Véron. Il n'est pas moins sévère
pour Scribe que pour le fameux docteur : « Les *Huguenots*, dit-il, étaient destinés
à mettre en relief la générosité de Meyerbeer. La scène du 4e acte entre *Raoul* et
Valentine avait été écrite par M. Scribe dans ce style poétique dont un de ses
couplets est resté le type :

Un vieux soldat sait souffrir et se taire
Sans murmurer.

« Meyerbeer s'inquiéta de cette poésie un peu trop burlesque ; il demanda quel-

qui était aussi son homme de confiance et traitait toutes ses affaires en son nom. — Jouin apprend en même temps que le duo ne peut être maintenu, que Meyerbeer a besoin de nouvelles paroles et que Scribe ne veut pas les faire. Il court alors chez le poète Emile Deschamps, qui improvise, séance tenante, les vers nécessaires, sur lesquels Meyerbeer, en l'espace d'une nuit, compose ce prodigieux duo, où se retrouve la passion la plus intense et dramatique à côté de la tendresse et du charme le plus profonds. »

Ainsi l'entremise de Jouin nous est rapportée par M. Eymieu. Mais le billet suivant que nous avons trouvé, parmi les lettres conservées par Deschamps, tendrait à prouver que les choses se sont passées moins hâtivement et que Meyerbeer a eu tout le temps de donner à Emile Deschamps le thème au moins de la scène fameuse, et de s'entretenir avec le poète des changements qu'il méditait. Quoi qu'il en soit, le rôle essentiel de Nourrit dans la transformation de la scène est confirmé par la lettre de Meyerbeer. C'est même lui, et non Jouin, qui semble avoir été l'intermédiaire entre le compositeur et le poète :

« MON CHER ET ILLUSTRE,

« Voilà un *monstre* dont M. Nourrit qui doit venir vous voir aujourd'hui, à 11 heures, vous expliquera le but.

VALENTINE. — Quoi vous partez ?
RAOUL. — Oui, je pars !
VALENTINE. — Vous (illisible)
RAOUL. — Je...
VALENTINE. — *Reste, Raoul*, et si je te suis chère,
        Si tu m'aimes encore...
RAOUL. — Plus que jamais je t'aime,
    Mais immoler les miens, mes frères, mes amis !
        Non.

« Je profite de cette occasion pour réparer un oubli. J'avais oublié de donner à M. Nourrit vos deux vers nouveaux :

    Tout est changé, mon cœur, mon sort.
    L'as-tu bien dit ce mot si tendre ?

ques variantes. M. Scribe se récria, vanta sa marchandise, et finalement refusa toute espèce de changement. Trop bon juge pour revenir sur son opinion, mais trop poli pour insister, Meyerbeer pria un poète, un vrai poète, de venir au secours de Raoul et de Valentine, condamnés aux vers de M. Scribe. Emile Deschamps eut pitié de leur triste sort et il refit la grande scène du quatrième acte. Meyerbeer voulait et ne savait comment reconnaître cet acte de courtoisie. Il eut l'idée délicate d'attribuer à Emile Deschamps sur sa propre part une part d'auteur, part qu'Emile Deschamps touche encore aujourd'hui. »

« Ces vers doivent se mettre là où pour la première fois il y avait :

> Oh ! maintenant vienne la mort...

« Soyez assez bon d'en prévenir M. Nourrit. »
(Inédit. Collection Paignard.)

Les indications et les retouches, que signale ce billet de Meyerbeer ne concernent que le grand duo du quatrième acte. Un autre témoignage, celui de Deschamps lui-même, nous permet d'affirmer que son intervention ne s'est pas bornée là. Voici ce que nous lisons dans une note écrite de la main même du poète [1] sur la première page d'un livret des *Huguenots* au-dessous du titre :

« ajouté par Emile Deschamps » :

1º Tout le rôle de Marcel à travers les 5 actes.

2º L'air du page à la fin du 1er acte.

2 *bis* La romance de Valentine. 4e acte.

3º Le grand duo d'amour qui termine le 4e acte.

4º L'air de Raoul pendant le bal au 5e acte.

5º Le grand trio du 5e acte.

Les modifications, introduites à maintes reprises dans le livret de l'opéra pendant les répétitions, durent rendre le travail de mise au point singulièrement difficile ; nous en tenons l'aveu de Duponchel lui-même, qui, dans le billet suivant, confirme le témoignage de Deschamps relativement du moins à la composition du grand trio du 5e acte :

« Mon cher ami. Voulez-vous m'envoyer la scène du 5e acte où se trouve le grand trio, il faut commencer la décoration et il m'est impossible de comprendre ce que veut votre maestro. Comme les changements que vous avez faits ne sont pas dans le manuscrit que vous m'avez remis, je suppose que vous n'en avez pas de copie, mais je vous promets de ne pas le garder plus de deux heures.

« A vous de cœur,   « DUPONCHEL.

« Demandez donc à Jacob (Lacroix) quelle était la livrée de Charles 9. Je la crois blanc, noir et jaune. La livrée bleu, blanc et rouge ne date que de Henri 4. »
(Inédit. Collection Paignard.)

Il eût été intéressant de savoir ce que pensait Scribe de la collaboration qui lui était ainsi imposée. Nous n'avons malheureusement trouvé dans les papiers d'E. Deschamps qu'une lettre de Scribe : elle

---

1. On trouvera cette note dans les papiers d'Emile Deschamps, conservés à la Bibliothèque de Versailles.

est antérieure de deux ans à la représentation des *Huguenots*, et nous le montre d'ailleurs dans les meilleurs termes à cette époque avec le poète et le compositeur.

« Paris, 4 nov. 1834.

« Mon cher et aimable confrère,

« Meyerbeer s'était chargé de vous adresser en mon nom une invitation pour vendredi prochain. — J'apprends qu'il ne l'a pas fait et je m'empresse de vous demander si vous serez libre ce jour-là et si vous serez assez bon pour accepter ; si cela vous est possible, je vous remercie d'avance du plaisir que vous me ferez, et vous prie d'agréer l'expression de mon bien sincère et affectueux dévouement.

« Eugène Scribe.

« A cinq heures et demie chez Meyerbeer, hôtel de Wagram.
(Collection Paignard.)

Le musicien et son librettiste travaillaient à cette époque à la composition du poème qui devait primitivement s'appeler *Valentine ou la Saint-Barthélemy*. On peut supposer sans invraisemblance que le poète était admis déjà par les auteurs à l'honneur d'une collaboration *in partibus*. En tous cas, nous savons par ces quelques mots délicieux d'Alexandre Soumet ce qu'en pensait le public des premières représentations des *Huguenots* :

« La gloire de Scribe retentissait hier au soir brutalement par le théâtre, cher ami, mais la vôtre courait toute mystérieuse de loge en loge, comme ces aveux d'amour qu'on ne fait qu'à l'oreille.

« Je n'ai pas quitté ma *peau d'ours*, mais j'ai erré quelques temps dans les corridors de l'Opéra et vous ressembliez à ces amants magnifiques qui donnent tout à leur maîtresse excepté leur nom, parce qu'elle est mariée avec un autre.

« Aglaé n'est-elle pas un peu jalouse !

« Soumet. »

(Collection Paignard.)

La collaboration d'Emile Deschamps et de Meyerbeer ne se borna pas au livret des *Huguenots*. Nous verrons plus loin que de nombreuses romances parurent à cette époque sous leur nom et que le musicien recherchait le poète comme ce mot de Dumas l'atteste :

« Mon cher Emile,

« Meyerbeer est venu me proposer de faire avec vous un keepsake dont je ferai la prose et vous les vers. Cela me va admirablement et je serai enchanté de voir mon nom à côté du vôtre.

« Je serai demain chez vous à 10 heures pour causer de la chose.

« A vous de cœur.

« Alex. Dumas. »

(Inédit. Collection Paignard.)

Meyerbeer savait émouvoir le cœur de son ami. Il fut de ceux qui louèrent ses traductions shakespeariennes, quand on joua *Macbeth* à l'Odéon, en 1848.

« Paris, 14 nov. 48.

« CHER ET ILLUSTRE AMI,

« Je viens de recevoir votre aimable lettre du 13, avec le charmant cadeau que vous avez bien voulu me faire de vos belles traductions shakespeariennes. Je serai exact au rendez-vous que vous me proposez pour jeudi, mais je ne pourrai vous attendre qu'à 4 heures et demie. Mais alors vous me trouverez sans faute. Je vous adresse cette lettre directement à Versailles, ayant oublié le titre de votre ancienne administration, ou plutôt ne me rappelant plus si c'étaient les Douanes ou les Domaines. — Agréez, cher et illustre, mes félicitations pour votre magnifique succès de *Macbeth*. Un tel succès de vogue à une œuvre si littéraire et dans un temps aussi défavorable que l'actuel, est un véritable événement. Veuillez... presenter mes hommages empressés à Madame votre épouse, et croyez moi votre tout dévoué.

« MEYERBEER. »

(Inédit. Collection Paignard).

Meyerbeer mourut en 1864. Il n'avait cessé jusqu'à ses derniers jours d'être en relations suivies avec son inépuisable parolier. C'est Deschamps lui-même qui le déclare dans la note que publia l'*Artiste*, le 15 mai 1864.

« Nous recevons ce mot d'Emile Deschamps :

Versailles, 5 mai 1864.

« Ma pauvre santé, qui m'interdit les plaisirs, me prive également des plus chers devoirs.

« C'est ainsi que je n'ai pu me joindre au long cortège des amis de Meyerbeer, si vite emporté.

« Je n'ai pu que pleurer quatre vers que vous trouverez à l'autre page.

« Si l'*Artiste* voulait leur donner l'hospitalité [1], j'en serais bien reconnaissant.

---

1. Voici la lettre que Mme Meyerbeer écrivit à E. D. pour le remercier de ce suprême hommage :

« Cher Monsieur. J'ai été vivement touchée des vers éloquents que vous avez bien voulu m'envoyer, à l'occasion de la perte cruelle qui nous a frappées dans nos plus chères affections. Je sais quelle amitié vous unissait à mon mari et quelle place vous teniez dans son cœur.

« Veuillez m'excuser si je n'ai pas répondu plus tôt à votre excellent souvenir, mais le chagrin et le trouble au milieu duquel j'ai vécu dans tous ces derniers temps, m'ont empêchée de m'acquitter des devoirs les plus simples et les plus pressants.

« Veuillez croire, Monsieur, à ma reconnaissance et à ma très sincère affection.

Emma MEYERBEER.

« Berlin, 1 juin 1864. »

(Inédit Collection Paignard)

> Sur son champ de victoire, en pleine France il tombe !
> Berlin lui donna l'âme, et nous reprend son corps ;
> Mais Paris, s'il n'a point son berceau ni sa tombe,
> Fut le trône adoptif de ce Roi des accords.

« J'ai été de longues années l'ami et le collaborateur de notre grand Meyerbeer, et cette larme publique sur sa tombe me ferait un douloureux bonheur.

« J'ai, je crois, sa dernière lettre. Il y a dix ou douze jours, nous faisions ensemble un cantique, et il m'écrivait bien tendrement et bien gracieusement à propos de mes paroles, qu'illuminaient encore une fois ses notes. On chantera cela, et il ne l'entendra pas, hélas [1] ! »

Nous avons retrouvé la dernière lettre écrite par le musicien au poète. Elle témoigne à la fois de la durée de leur collaboration et de la profondeur de la sympathie qui les unissait :

« CHER ET ILLUSTRE AMI,

« Pardon d'avoir tant tardé à répondre à votre si aimable et si bienveillante lettre. J'ai voulu auparavant examiner en détail votre nouvelle traduction sous la musique de mon cantique : or, le copiste qui devait mettre en ordre ce morceau d'après vos strophes entières (n'étant pas arrivé à déchiffrer celles mises par vous avec du crayon sous la musique même) m'a fait attendre jusqu'à l'heure qu'il est.

« Il vient de me l'apporter, je l'ai examiné aussitôt et — c'est parfait sous tous les rapports. Il n'y a vraiment que vous au monde pour rendre avec une telle fidélité et une telle précision le sens, le rythme, et les accents sous la musique, faits pour une langue étrangère. Cela m'a rappelé tant de travaux que nous avons faits ensemble dans ce genre-là dans des temps passés, hélas ! — et les bonnes et joyeuses causeries auxquelles ils donnaient lieu.

« Je regrette bien, mon excellent ami, que votre indisposition vous éloigne si totalement de la capitale, et je me serais empressé de venir vous voir pour vous serrer la main, si moi-même je n'avais pas été indisposé pendant toute la saison d'hiver.

« J'espère que le printemps naissant nous ramènera bientôt un temps doux et stable comme il nous faut pour nous autres, plantes sensitives, et alors je ne manquerai pas de vous voir à Versailles.

« Vous vous étonnez sans doute de ne pas reconnaître mon écriture dans ces lignes, mais ma faiblesse d'yeux m'a forcé de prendre l'habitude de dicter mes lettres.

« Adieu, cher ami, et au revoir bientôt.

MEYERBEER.

Paris, le 16 avril 1864.

« P. S. — Comme j'ai déjà publié deux morceaux qui portent le titre de « Cantique », j'ai préféré donner à votre morceau le titre de « *Prière du matin* ».

(Inédit. Collection Paignard.)

1. L'*Artiste*, 1864, tome I, 15 mai.

VII

DESCHAMPS ET NIEDERMEYER

Meyerbeer fut presque constamment heureux [1] ; il eut tout ce que peut souhaiter un artiste : un grand talent, la gloire et la fortune. Niedermeyer, qui fut aussi l'ami d'Émile Deschamps, n'eut pas autant de chance : il resta pauvre en dépit de la renommée de quelques-unes de ses œuvres, et « l'impécuniosité » dont il souffrit toute sa vie gêna l'essor de son talent. Ce fut une sorte de Chatterton doux, modeste et timide, que l'auteur de la suave mélodie du *Lac*.

Ainsi cette admirable composition, dont le succès ouvrit les salons du Paris de 1825 au jeune compositeur suisse, commença par mécontenter Lamartine [2] : c'était donc manquer de bonheur au sein d'un premier triomphe. Ensuite il ne retrouva plus dans le genre même de

1. « Meyerbeer n'a pas seulement le bonheur d'avoir du talent, il a surtout le talent d'avoir du bonheur. » Boutade de Berlioz, rapportée par M. Adolphe Jullien : *Hector Berlioz, sa vie et son œuvre*, p. 291.

2. Cf. *Niedermeyer. Vie d'un compositeur moderne*, 1802-1861. Fontainebleau, impr. de E. Bourges, 1892, in-8°.

P. 18 : « Il vint à Paris en 1825. C'est alors que complètement inconnu, il donna à l'éditeur Pacini sa mélodie du *Lac*, écrite sur la *Méditation* de Lamartine. Le compositeur avait su s'élever à la hauteur du poète, et il était parvenu à le satisfaire à moitié. »

Voici le jugement de Lamartine :

« On a essayé mille fois d'ajouter la mélodie plaintive de la musique au gémissement de ces strophes. On a réussi une seule fois : Niedermeyer a fait de cette ode une touchante traduction en notes. J'ai entendu chanter cette romance et j'ai vu les larmes qu'elle faisait répandre. Néanmoins, j'ai toujours pensé que la musique et la poésie se nuisaient en s'associant. Elles sont l'une et l'autre des arts complets : la musique porte en elle son sentiment ; de beaux vers portent en eux leur mélodie. » (Note de Lamartine, édit. Pagnerre, Furne et Hachette.)

Récit de l'éditeur Pacini dans l'ouvrage précité. Celui-ci aurait d'abord refusé l'œuvre de Niedermeyer, parce qu'il avait déjà gravé le *Lac* de Balocchi, « qui grâce aux paroles de Lamartine, poussait à la vogue... » Plus tard, l'ayant lu, Pacini, « qui était assez bon musicien pour juger, ayant donné quatre opéras au théâtre de l'Opéra-Comique, revint sur sa décision. Il prétendit avoir « deviné Niedermeyer ». Mais il ne pouvait publier deux romances sur les mêmes paroles. Sur ces entrefaites, Balocchi quitta Paris. « Pacini, profitant de ce départ, brisa les planches de Balocchi et remplaça l'œuvre par le *Lac* de Niedermeyer. »

Cf. aussi dans la *Collection des grands écrivains de la France*, les *Méditations*, édit'on G. Lanson, t. I, p. CLXVII.

la romance, qu'il cultiva avec prédilection, le succès que lui avait valu sa première œuvre. Il traduisit en notes, comme dit Lamartine, non seulement l'*Isolement*, le *Soir*, l'*Automne*, l'*Invocation*, le *Poète mourant*, de l'auteur du *Lac*, mais encore la *Ronde du Sabbat*, *Oceano Nox*, la *Mer*, de Victor Hugo, la *Noce de Léonore*, *Une nuit dans les Apennins* d'Emile Deschamps, et dans maints passages de ces romances s'exprimaient la mélodie suave et l'harmonie distinguée, le coloris pittoresque et la profondeur d'émotion qui caractérisent son talent. Cependant on méconnut le jaillissement fécond de cette nature vraiment musicale, pour ne se souvenir que de l'instant heureux où la mélodie du *Lac* lui fut inspirée. Sully-Prudhomme a dit souvent l'impression d'amertume qu'inflige à un artiste ce parti-pris d'ignorance de la part du public, qui semble n'honorer une de ses œuvres que pour se dispenser de connaître les autres. Ce que fut le *Vase brisé* pour le poète de la *Justice*, le *Lac* le fut pour Niedermeyer : l'aumône cruelle de la gloire.

Niedermeyer avait eu l'ambition d'imiter Rossini et Meyerbeer, d'égaler au moins Bellini. Mais qui se souvient de ses opéras ? Il obtint trois fois d'être représenté à l'Académie de musique. Mais ses partitions mélodieuses, écrites avec une rare élégance, ne touchèrent pas le grand public, qui n'est sensible qu'à la force dramatique ; et ce puissant ressort du succès au théâtre manqua toujours au délicat musicien. Les opéras de *Marie Stuart* et de *la Fronde* tombèrent promptement dans l'oubli, et les causes de ces perpétuels insuccés qui désolèrent le compositeur, ont été finement démêlés par Théophile Gautier, qui écrivit à propos de l'échec de *Marie Stuart*, une de ses plus belles pages de critique : on comprend bien après l'avoir lue, le *cas* vraiment pathétique de ce noble artiste trahi par son talent, que nous avons appelé le Chatterton de la musique :

« Chaque art [1] a son impuissance, d'où résulte une partie de ses beautés. Les efforts immenses du poète, à qui manque la plastique des formes, du peintre, à qui manque la succession des idées, du sculpteur, à qui manque le mouvement, du compositeur, à qui manque le mot, ont produit les œuvres les plus merveilleuses de l'esprit humain. Chacun de ces artistes est dévoré d'un désir ardent, inextinguible, que Dieu assouvira sans doute dans l'autre monde, car tout désir a droit d'être satisfait. Dans le ciel, le poète écrira des strophes qui se traduiront en belles femmes, en ombrages verts, en fleurs épanouies ; le peintre et le sculpteur réaliseront des formes douées

---

1. Th. Gautier, *La Musique*, p. 267.

d'idées et de mouvement ; le musicien condensera sur des tables de
cristal les vibrations fugitives de ses mélodies, qui décriront des ara-
besques éblouissantes, aux rameaux d'argent, aux filigranes perlés
comme les floraisons dont l'hiver étame nos vitres. L'un touchera
ses vers, l'autre entendra sa sculpture, et lui verra sa musique. Tous
les arts palpiteront ensemble dans la même œuvre, et chaque œuvre
nagera dans un milieu de lumière et de parfum, atmosphère de ce
paradis intellectuel. »

Et il ajoute cette sentence, qui passe évidemment par-dessus
l'œuvre de Niedermeyer, mais lui fait le plus grand honneur, puisque c'est à propos d'elle que Gautier l'a exprimée : « Le sentiment de
l'impuissance relative de leur art est la raison de l'incurable mélancolie et de l'inquiétude sans trêve des grands hommes »

Niedermeyer fut un de ces hommes supérieurs à leur destinée,
il souffrit de sentir que son talent n'était pas capable d'exprimer son rêve, et cependant ni l'art ni la science ne lui man-
quaient.

« M. Niedermeyer, dit encore Th. Gautier, nature rêveuse, lyrique,
lamartinienne, n'a pas obtenu à la scène tout le succès que son talent
remarquable semblait promettre. *Stradella, Marie Stuart* ne sont pas
restés au répertoire, quoique parsemés de morceaux de premier
ordre, tels que l'air de l'église et la romance : *Adieu, plaisant pays
de France*, chef-d'œuvre de grâce et de sensibilité... Ce n'est pas la
mélodie qui manque au compositeur, ni la science non plus ; il
trouve une phrase comme un Italien, et l'instrumente comme un
Allemand ; il sait écrire pour la voix, mérite rare aujourd'hui, seulement il n'a pas le don inné du drame, et l'on sent qu'il préférerait
s'épancher lentement dans des inspirations solitaires, si le théâtre
n'était pas aujourd'hui le seul lieu où la muse puisse se rencontrer
avec le public. »

En ce qui concerne *Stradella*, les critiques sont unanimes à en
signaler l'intérêt. Cet opéra en cinq actes, dont les paroles étaient
de E. Deschamps et E. Pacini, et qui fut représenté pour la
première fois à l'Académie de musique, le 4 mars 1837, fut loué par
Castil Blaze *(Théâtres lyriques de Paris*, p. 251, tome I). Il jugeait
cette partition « digne d'un meilleur sort. »

« Sur ce livret de *Stradella*, dit Nestor Roqueplan [1] dans son feuilleton du 23 février 1863, Niedermeyer écrivit une partition qui n'est

____

1. Il était directeur de l'Opéra au moment où la *Fronde* de Niedermeyer fut
représentée à ce théâtre. En 1863, il collaborait au *Constitutionnel*.

pas tellement oubliée qu'on ne puisse citer la délicieuse sérénade du premier acte, le trio des bandits et la belle scène de l'église. »

Comparant dans cette étude le *Stradella* de Niedermeyer à celui de M. de Flotow, il reconnaît qu'il « renfermait des beautés de premier ordre. »

Nous lisons dans le *Dictionnaire des Opéras* [1] ce jugement favorable :

« Cet ouvrage n'a pas obtenu le succès qu'il méritait. Le sujet était intéressant. La biographie du compositeur-chanteur Stradella en a fourni les romanesques épisodes, sauf la catastrophe finale, c'est-à-dire le meurtre des époux, qu'on a changée en cérémonie nuptiale. Quant à la partition, elle renferme des morceaux de grand mérite, notamment la sérénade du 1er acte chantée par Nourrit, le trio du 2e acte chanté par Mlle Falcon, Nourrit et Dérivis et surtout l'air de Mlle Falcon : *Ah ! quel songe affreux ! grâce au ciel il s'achève*, qui est un des plus beaux airs du répertoire dramatique français. »

Ainsi ce qu'on admire encore dans l'opéra de Niedermeyer, ce sont les mélodies : il y a dans cette œuvre de belles romances et des hymnes d'une grande élévation religieuse. Mais la collaboration d'Emile Deschamps lui valut une grâce qui ne lui est pas coutumière : il eut de la variété, de la couleur. Avait-il à rendre l'acharnement des *bravi* poursuivant *Stradella*, il sut être pittoresque comme son poète :

> Noirs comme la nuit
> Où le stylet brille,
> Vers la jeune fille
> Glissons-nous sans bruit.

La musique exprime assez puissamment le charme des nuits vénitiennes, quand elle traduit ces vers :

> Tout est muet au sein des nuits,
> Plus de gondole en promenade,
> L'onde et les cieux ont pour tout bruit
> Soupirs d'amour et sérénade.

Venise et Rome offraient au musicien comme au poète qui évoquaient ces foyers radieux de la volupté terrestre et de l'amour divin l'occasion de composer de délicieuses barcarolles et de beaux cantiques. A Venise, Stradella chante en s'accompagnant d'une mandoline :

---

1. Félix Clément et Pierre Larousse, *Dictionnaire des Opéras*, Paris, Larousse, 1905, p. 1052.

> Voyageur, à qui Venise
> Se dévoile après le jour,
> Si ton âme ailleurs est prise,
> Que je plains ton autre amour !
>
> . . . .
>
> Des princesses d'Italie,
> C'est Venise le matin
> Qui s'endort la plus jolie
> Dans les fleurs et le satin.

La muse d'Alfred de Musset dicte à Emile Deschamps ces jolis vers. Mais à la fin de l'acte III, dans la grande scène du jeudi saint à l'église Sainte-Marie-Majeure où Stradella, nouvel Orphée, désarme par la sublimité de ses chants le bras des assassins, un souffle venu des chœurs de Racine soulève les rythmes de Deschamps et inspire le musicien :

> O Dieu tout puissant !
> Toi, qui reçois la prière
> De l'innocent,
> Nous levons les yeux
> Vers ton palais de lumière.

Berlioz admira le cantique qui commence ainsi :

> Pleure, Jérusalem, ton erreur et ton crime.
>
> . . . .

Ce qui retint toutefois l'attention du grand musicien quand il rendit compte de *Stradella* dans le *Journal des Débats* du 5 mars 1837, c'est « le spectacle sans pareil » qui se déroula pendant 2 heures sous ses yeux :

« Quelle pompe, quelle variété de sites, de monuments, de points de vues, de costumes! Ici, Venise avec sa riche architecture, ses ponts bizarres, sa mer bleue et ses mille vaisseaux ; là, Rome la grande, avec ses temples de marbre, ses immortelles ruines, sa campagne sauvage, inculte et brûlée, ses interminables lignes d'aqueducs fuyant à l'horizon ; ses villas désertes ; ses vieux bois de pins ; ses habitants aux mœurs si diverses, ses riantes beautés d'Albano et de Tusculum, le tambour de basque à la main, les boucles d'argent aux pieds, la redoutable *spada* dans les cheveux, emblème d'amour et de vengeance, femmes à la peau brune, aux grands yeux noirs, belles dans la joie, plus belles dans le calme ; ses robustes laboureurs, ses brigands ; ses sombres *transteverini*, ses moines et ses artistes. »

Deschamps et Pacini, comme le dit encore Berlioz, avaient fourni à Duponchel et à ses peintres l'occasion de faire un chef-d'œuvre.

.Jamais, suivant lui, l'art de poétiser les décorations et la mise en scène n'avait été porté aussi loin, et l'honneur en revenait surtout aux deux librettistes, « dont l'imagination pittoresque a su enflammer si bien celle de leurs collaborateurs en leur proposant ce beau thème ».

Du pittoresque et de la couleur, selon Berlioz ; ajoutons-y de la syntaxe et du style, voilà ce qu'Emile Deschamps apporta au livret de *Stradella*, comme à tous ceux auxquels il collabora.

Ainsi nous retrouvons toujours chez le dilettante les deux qualités qui l'avaient autrefois distingué en littérature parmi les romantiques : une imagination vive et le souci de l'art.

Nous ne nous étonnerons pas qu'il ait dès l'abord recherché pour *Stradella* le suffrage de son frère. Antoni Deschamps venait de décrire en des vers d'un pittoresque charmant les paysages italiens [1], les mœurs romaines : il devait se montrer particulièrement sensible à la tentative de Niedermeyer. Voici un billet sans date, vraisemblablement écrit par Emile à Antoni, quelques jours après la première représentation de *Stradella*, puisqu'il y est question du chanteur Duprez, qui avait débuté à l'Opéra le 17 mai 1837, et qui remplissait alors le rôle que Nourrit avait créé au mois de mars de la même année.

« Mardi matin.

« Voici, mon cher Antoni, deux places pour demain mercredi à *Stradella*. Je te demande ton intérêt et ton suffrage musical avoué tout haut pour la musique de Niedermeyer, qui n'a que beaucoup de talent et aucune intrigue.

« Ecoute surtout avec attention un nouveau grand air au 5e acte, où Duprez sera, je crois, fort bien, comme il l'est toujours dans la belle musique.

      « A toi de cœur,
        « Ton bon frère,   « Emile. »
   (Inédit. Collection Paignard.)

Nourrit qui, disions-nous, avait créé le rôle de *Stradella*, ne le joua en effet pas plus d'un mois, puisqu'il donna, le 1er avril 1837 sa représentation de retraite [2]. Ce grand artiste était un homme d'une imagination exaltée. Lui qui avait rempli pendant près de seize ans la charge de premier ténor unique à l'Opéra, considéra comme une disgrâce la décision toute récente de l'administration, qui lui avait adjoint Duprez. Il se retira presque aussitôt, profondément ulcéré par les succès éclatants de son jeune rival. Nous retrouvons comme

---

1. *Les Italiennes*, d'Antoni Deschamps, dans la *Revue des Deux-Mondes*, année 1833.

2. Deux ans après sa retraite, à Naples, il se tua.

un écho des applaudissements qui saluaient Duprez et désolaient
Nourrit, dans la jolie et spirituelle lettre qu'Alfred de Vigny écrivait
à Deschamps le 28 juin 1837.

A. DE VIGNY A EM. DESCHAMPS

« J'aime *Stradella* et j'adore Duprez, parce qu'il ouvre la bouche et ne
laisse pas perdre une syllabe de votre esprit et de vos vers. S'il y a un
homme au monde qui dise du fond du cœur : *Vanitas vanitatum !* ce doit
être ce pauvre Nourrit. A peine hors de la carrière, le voilà oublié, remplacé,
écrasé ; s'il avait reparu hier, on lui aurait peut-être jeté des pierres à la tête.

« Dites donc à Jules de Rességuier qu'il pardonne à son fils, qui est à
Vienne, d'avoir des gants jaunes et de danser, parce qu'il dansait et avait
des gants, quand il avait dix-neuf ans aussi, et parce, vous et moi, à cet
âge-là nous dansions avec le costume de tous les gens comme il faut, et
parce que nous ne sommes pas ceux dont parle La Bruyère, qui retranchent
de l'histoire de Socrate qu'il ait dansé, ce qui lui est arrivé et n'empêcha
pas le *Phédon,* qui n'est pas trop mal.

« Mais ce pauvre Nourrit, qui est en poussière ! J'y pense encore ;
Duprez a dans la poitrine un instrument immense, infatigable, inexorable
qui le poursuit comme la trompette du Jugement dernier que tiennent les
gros anges de Michel-Ange. — Allez donc voir cette belle copie de Sigalon.
— Je me mets à causer ainsi avec vous, en revenant de l'Opéra, avant
d'écrire, comme j'ai coutume, à l'heure des esprits et des revenants.

« Bonsoir.

« Signé : Alfred DE VIGNY.

28 juin 1837. Mercredi.

« Je m'applique pour savoir le jour où je vis. »

(Collection Paignard).

L'aimable comte de Rességuier, dont Alfred de Vigny, dans cette
jolie lettre raillait doucement les sévérités paternelles, devait publier
l'année suivante, en 1838, ses *Prismes poétiques,* et nous lisons dans
ce recueil une mention flatteuse de *Stradella.* Il célèbre dans un de
ses poèmes, la *Femme à la mode,* et ne néglige pas parmi ses divertisse-
ments la musique :

Et sa voix au hasard répète
Un chant des chefs-d'œuvre du jour,
De *Moïse,* de la *Muette,*
De STRADELLA, du *Giaour...*
Et sa grande âme de poète
Fuyant ce terrestre séjour,
S'en va de planète en planète
Au fond des cieux, et se reflète
Dans les soleils qu'elle parcourt.

Quant à Niedermeyer, dont l'âme était digne d'accomplir
cet itinéraire platonicien, il demeurait sur la terre, en proie aux

difficultés de la vie pratique. Lui qui rêvait d'exécuter de belles œuvres d'art, il devait aussi nourrir sa famille, et soit à Paris, soit à Bruxelles, il était réduit pour vivre à donner des leçons de piano. La Révolution de 1848 mit le comble à ses embarras pécuniaires, et nous le voyons, à cette date, recourir à l'obligeante bonté d'Émile Deschamps. Il lui demanda, dans la douloureuse lettre qu'on va lire, son appui auprès de Lamartine.

« Mon cher collaborateur. Vous avez été si obligeant pour moi, toutes les fois que vous l'avez pu, que je vais encore aujourd'hui vous demander un conseil et, s'il se peut, votre appui.

« Au moment de la Révolution ma modeste fortune se trouvait engagée dans les chemins de fer et dans d'autres affaires industrielles, qui ne marchaient pas trop bien ; mais j'avais alors un bon nombre de leçons bien payées, et je prenais patience, attendant mieux de l'avenir. Vous comprenez combien les derniers événements ont dû empirer ma situation ; d'abord les leçons ont disparu, les placements ont pour la plupart cessé de produire des dividendes et je ne puis à présent réaliser quelques fonds qu'en perdant de 4 à 500 % sur les moins mauvaises valeurs. Voici 4 mois que cet état de choses dure et je n'en prévois guère le terme.

« Que faire pour préserver autant que possible ma famille, des malheurs que je prévois ?

« Des leçons, j'en donnerais volontiers du matin au soir, et à tout prix, mais il n'en existe plus.

« J'avais un poème d'opéra-comique, mais les théâtres sont morts ou à l'agonie.

« Ma seule ressource serait donc un emploi quelconque. Je sais que M. Marie en a procuré un à un jeune musicien nommé Pasdeloup ; il l'a placé comme directeur à Trianon. Croyez-vous qu'en m'adressant à M. de Lamartine j'aie quelque chance d'obtenir quelque chose et pourriez-vous m'appuyer auprès de lui ? Voilà ce que je vous prie de me dire sans être retenu par la crainte de me faire de la peine, s'il faut que vous me répondiez non. Si vous pensez au contraire qu'il y ait quelque espoir, veuillez me dire quand je pourrais aller en causer avec vous à votre bureau.

« Je désire bien vivement que tout ce qui se passe et tout ce qui s'est passé n'ait froissé aucun de vos intérêts ; j'espère aussi que la santé de Madame Deschamps ne vous donne aucun sujet d'inquiétude.

« Recevez … [1]

« L. NIEDERMEYER,
« 8, rue de Valois-du-Roule.

« Lundi 19 juin 1848.

« Depuis trois mois, j'ai fait reconnaître mes droits à la qualité de Français, et j'ai été admis à voter à toutes les élections. »

(Inédit. Collection Paignard.)

1. Après la mort du musicien, E. D. s'est intéressé à ses enfants. On peut lire leurs lettres pleines de reconnaissance, dans la correspondance conservée au château du Rocher, par Mme Léopold Paignard.

Nous ne savons pas ce qu'il advint de la recommandation de Deschamps auprès de Lamartine. Depuis longtemps Niedermeyer songeait à ouvrir une école analogue à celle, à laquelle Choron avait autrefois consacré son zèle et son talent. Il déplorait surtout la décadence de la musique religieuse et voulait faire revivre la tradition des organistes et des maîtres de chapelle d'autrefois.

Il serait très étonnant que, sous les auspices du grand poète, qui, durant son passage au pouvoir, protégea tant d'artistes, cette idée du musicien n'ait pas eu au moins un commencement d'exécution. Ce qu'il y a de certain [1], c'est qu'au lendemain de la Révolution, elle obtint non seulement les encouragements de l'archevêque de Paris, mais l'appui du Gouvernement. Un décret daté de 1853, et signé de M. de Fortoul, alors ministre de l'Instruction publique et des Cultes, ouvrit l'école, dont Niedermeyer prit aussitôt la direction, et qu'il vit prospérer pendant huit ans, de 1855 à 1861, jusqu'à sa mort. Le succès de ses élèves, dans les concerts et dans les églises, l'accueil favorable qui fut réservé à son grand ouvrage, publié en collaboration avec d'Ortigue : *Traité théorique et pratique de l'accompagnement du plain-chant*, consolèrent les derniers jours de sa vie, et nous aimons à penser que l'amicale entremise d'Emile Deschamps ne fut pas inutile à Niedermeyer. Quand il se présenta à l'Institut dans les premières années de l'Empire, nous savons par une lettre inédite qu'il confiait au poète les chances qu'il croyait avoir, et parmi ces chances, il mettait l'influence qu'il attribuait à son ami.

Le souvenir de cet ami parfait l'accompagnait dans ses voyages. Une belle lettre qu'il lui envoyait, le 14 août 1856, du village de Gryon, par Bex, dans le canton de Vaud, sa patrie, nous le montre rempli d'une affectueuse sollicitude pour la santé fort ébranlée d'Emile Deschamps. « Nous sommes depuis hier soir, lui disait-il, au milieu des glaciers et des hautes montagnes, nous comptons passer un mois à six semaines dans ce beau pays. Que n'êtes-vous avec nous, heureux et bien portant, rien ne manquerait à notre satisfaction [2]. » Toutes les lettres adressées par le noble artiste au poète ont ce caractère de tendre confiance et de gratitude. Je ne sais rien qui honore davantage Emile Deschamps.

1. Voir l'ouvrage précité sur Niedermeyer.
2. Inédit. Collection Paignard.

VIII

DESCHAMPS ET BERLIOZ

On pourrait s'étonner au premier abord que Berlioz ait aimé Emile Deschamps. Génie créateur, spontané, intuitif, il éprouvait une sorte d'aversion pour ces esprits fins, cultivés compréhensifs, mais incapables d'invention, intermédiaires entre ce qu'on appelle le public et les grands hommes, et qui font profession d'interpréter les chefs-d'œuvre, de les mettre à la portée de tous.

Emile Deschamps, il est vrai, était plus et mieux qu'un « arrangeur » comme il en pullule en tous temps pour aider à la diffusion de l'art. Il excellait à conserver aux adaptations qu'il tentait un air d'étrangeté et d'exotisme, qui ne trompait pas les connaisseurs, mais flattait le public en lui donnant l'illusion qu'il comprenait Shakespeare et Gœthe, Schubert et Mozart. Au fond il transformait l'œuvre étrangère en une œuvre nouvelle ; il la mettait à la mode de son temps. On risquait de la méconnaître ainsi travestie, dira-t-on ; c'était précisément l'avis de Berlioz comme celui de Gautier ; mais on apprenait au moins à la lire, on se familiarisait avec elle, et le goût des Français s'est élargi au cours du siècle, grâce au travail insinuant des hommes comme Emile Deschamps. Qu'un tel effort ait été nécessaire, c'est ce qui exaspérait Berlioz, et il s'est souvent indigné contre ceux qui, pour plaire au public ignorant, ont dénaturé des chefs-d'œuvre. Il faut l'entendre parler de Morel et Lachnith, ces arrangeurs de fâcheuse mémoire, qui, pour faire connaître la *Flûte enchantée* de Mozart, la travestirent en ces invraisemblables *Mystères d'Isis* : « Quand je dis une traduction, s'écrie-t-il à propos de leur œuvre, c'est un *pasticcio* que je devrais dire, un absurde et informe *pasticcio*. Fi donc ! une traduction ! Est-ce que les *exigences* d'un public français permettaient une traduction pure et simple du livret qui a inspiré une si belle musique ? Ne faut-il pas toujours corriger plus ou moins un auteur étranger, poète ou musicien, s'appelât-il Shakespeare, Gœthe, Schiller, Beethoven ou Mozart, quand un directeur parisien daigne l'admettre à l'honneur de comparaître devant son parterre [1] ? »

Castil-Blaze qui avait induit Emile Deschamps à travestir le *Don Juan* de Mozart, était une des *bêtes noires* de Berlioz. Celui-ci avait beau lui avoir succédé comme critique musical au *Journal des Débats* [2], il ne le ménage guère dans ses *Mémoires*, où il raconte ce que « ce musicien vétérinaire avait fait du *Freischütz* de Weber ».

« Weber, dit-il, ne put que ressentir profondément un si indigne outrage, et ses justes plaintes s'exhalèrent dans une lettre qu'il publia à ce sujet... Castil-Blaze eut l'audace de répondre que les modifications dont l'auteur allemand se plaignait avaient *seules* pu assurer le succès de *Robin des Bois* et que M. Weber était très *ingrat* d'adresser des reproches à l'homme qui l'avait popularisé en France. O misérable ! Et l'on donne cinquante coups de fouet à un pauvre matelot pour la moindre insubordination. N'est-ce pas la ruine, l'entière destruction, la fin totale de l'art ?... Et ne devons-nous pas, nous tous épris et jaloux des droits imprescriptibles de l'esprit humain, quand nous voyons leur porter atteinte, dénoncer le coupable, le poursuivre et lui crier de toute la force de notre courroux : « Ton crime est ridicule : *Despair !* la stupidité est criminelle : *Die !* sois bafoué, sois conspué, sois maudit ! *Despair and die !* Désespère et meurs [3]. »

Castil-Blaze, comme le souhaitait Berlioz, est mort tout entier, mais le résultat de ses efforts lui a survécu : il a acclimaté chez nous les chefs-d'œuvre de la musique étrangère, et si Berlioz est aujourd'hui universellement honoré en France, c'est peut-être indirectement à Castil-Blaze qu'il le doit. « Il faut, disait noblement Th. Gautier, relever la foule jusqu'à l'œuvre et non rabaisser l'œuvre jusqu'à la foule. » Et certes c'est ainsi que les artistes doivent entendre leur tâche, mais ce n'est pas ainsi que peuvent procéder les vulgarisateurs.

La nature charmante d'Emile Deschamps, sa grâce personnelle et sa fine culture le mirent à l'abri des critiques de Berlioz. Et puis deux admirables liens les unissaient : l'amitié d'Alfred de Vigny et le culte également fervent de deux divinités du ciel artistique : Shakespeare et Virgile !

---

1. *Débats*, 1er mai 1836.

2. Cf. dans le *Livre du Centenaire du journal des Débats*, l'article de Ernest Reyer, p. 432.

3. *Mémoires de Hector Berlioz*, Paris, C. Lévy, 1878, 2 vol. in-8°, tome I, p. 87-93.

Bien qu'ils aient dû se rencontrer aux fameuses représentations shakespeariennes, où le destin de Berlioz se fixa, puisqu'il finit par épouser l'actrice qui interprétait les héroïnes du tragique anglais, la correspondance de Berlioz et de Deschamps, telle qu'il nous a été permis de la consulter, ne remonte pas si haut. Les premières lettres que Berlioz écrivit à Deschamps datent à peine de leur collaboration à la symphonie de *Roméo et Juliette*, que le grand musicien composa en 1839 et dont Deschamps écrivit le livret. La première même est un peu antérieure. Elle nous reporte en 1837 à l'époque où *Stradella* parut sur la scène de l'Académie royale de musique. Berlioz se préoccupait quelques jours avant la première représentation, du compte rendu qu'il devait écrire dans les *Débats* :

« Mon cher Monsieur Deschamps,

« Je me recommande à vous pour la première représentation de *Stradella* ; j'aurai besoin de trois places au plus et de deux au moins ; si vous pouvez m'en donner trois, il n'est pas nécessaire que la troisième soit avec les deux autres. Donnez-moi ce que vous pourrez accrocher, excepté un parterre.

« Je pense à ce que je vous ai demandé relativement à l'analyse de la pièce ; je crois à présent que c'est inutile, le livret imprimé suffira ; j'avais oublié, quand je vous ai parlé de m'en donner le contenu, qu'on pourrait se le procurer à la première représentation. Tout à vous.

« Berlioz. »

(Collection Paignard).

Les deux artistes se voyaient sans doute depuis longtemps aux *mercredis* du comte de Vigny, rue des Ecuries-d'Artois, où fréquentait Berlioz, depuis 1832, ainsi qu'en témoigne Auguste Barbier, dans ses *Souvenirs personnels* :

« Il (Berlioz), dit Barbier, pensait déjà traduire en musique *Roméo et Juliette* de Shakespeare, et il me proposa de lui en écrire le libretto. Ayant d'autres choses en tête, je ne pus donner suite à sa demande. *Shakespeare* était alors son poète favori : il le lisait sans cesse. A ce culte, il ajouta depuis une autre idole : *Virgile*, et toute sa vie se passa dans l'adoration de ces deux grands génies [1]. »

Ce n'est pas le moindre trait de ressemblance perceptible entre Deschamps et Berlioz que le conflit de ces deux admirations dans leur propre esprit. Nés au point d'intersection de deux mondes, aussi pénétrés qu'hommes de France des traditions de la culture méridionale, sensibles à la sereine beauté de l'art antique, ces deux classiques

---

1. Auguste Barbier. *Souvenirs personnels et silhouettes contemporaines*, Paris, E. Dentu, 1883, in-8°, p. 230.

ont ouvert leur âme au grand courant de poésie qui sortit vers la fin du XVIIIe siècle de la forêt germanique, ils accueillirent Shakespeare et Gœthe dans la patrie de Racine, et l'on peut observer ce synchronisme curieux qu'ils se déclarèrent ouvertement romantiques à la même date. En 1829, l'année même où Deschamps, dans la Préface des *Etudes*, proclamait les principes de l'école poétique nouvelle, Berlioz qui écrivait alors ses *Huit scènes de Faust*, d'après la traduction de Gérard de Nerval, s'écriait comme aurait pu le faire Emile Deschamps : « O Gœthe ! ô Shakespeare ! explicateurs de ma vie ! »

Il aurait fallu, pour plaire au public, que le théâtre attirait, qu'il mît à la scène, découpés en tableaux d'un pittoresque violent, les rêves que lui inspirait la lecture de ces grands poètes. Mais le lyrisme de Berlioz était chose trop profonde pour s'extérioriser comme celui de Meyerbeer en des opéras, où triomphaient le décor historique et la couleur locale, corsée de fantastique et de satanique.

« Il appartenait à Hector Berlioz, dit M. de La Laurencie, de chercher à réaliser le romantisme musical proprement dit, c'est-à-dire d'employer la musique pure, dépourvue du secours de la parole et du drame, à l'expression de ces sentiments. Entre 1827 et 1842, il produit ses œuvres les plus fougueuses et les plus romantiquement caractéristiques [1]. »

Il avait débuté par d'admirables symphonies, qui arrachaient aux connaisseurs l'aveu que Beethoven avait en lui son héritier ; l'échec de son *Benvenuto Cellini* où il y avait pourtant, sans parler des beautés musicales de premier ordre, un réel mouvement scénique, l'éloigna de l'opéra, pour le ramener à son genre de prédilection, la symphonie dramatique. Là, grâce à la musique seule, il était capable de rendre toutes les émotions que suscitait l'amour, la nature et la mort, en un mot, la tragique beauté des passions humaines.

Emile Deschamps avait un sentiment trop vif de l'Art pour ne pas sentir d'instinct ce qu'il y avait de génial chez Berlioz. La complexité si riche de ses œuvres, qui eût dérouté les plus fins dilettantes de la génération de Stendhal, et heurtait encore les habitudes routinières de la majeure partie du public bourgeois de 1830, charmait une élite ardente et cultivée, qui le défendit constamment contre l'injustice de ses adversaires. Cette phalange d'admirateurs fidèles qui comptait d'ailleurs les Bertin des *Débats*, et le comte de Gasparin, aussi bien que Vigny, Barbier, les Wailly, les Deschamps,

<hr>

1. Lionel de La Laurencie, *Le Goût musical en France*, Paris, A. Joanin, 1905, in-8°, p. 294. Voir aussi son *Hist. de la musique en France*, chap. sur *Berlioz*.

aimait en Berlioz l'homme autant que l'artiste ; et l'attitude shakespearienne de ce grand batailleur rappelait aux plus âgés d'entre eux les heures belliqueuses de leur jeunesse romantique.

Théophile Gautier, particulièrement abonde en formules heureuses quand il compare Berlioz à son maître Victor Hugo :

« Il (Berlioz) transporta, dit-il, dans son art les principes de rebellion professés par le chef de l'Ecole romantique... Leur première pensée à tous deux a été de se soustraire au vieux rythme classique avec son ronron perpétuel, ses chutes obligées et ses repos prévus d'avance...

« Berlioz a essayé des formes musicales nouvelles : il a employé des rythmes inégaux, chose douloureuse pour un peuple amateur de la période symétrique... Il produit l'effet que produirait à des gens habitués à la versification de Voltaire, le vers à coupe variée et à césure mobile des premiers poèmes d'Alfred de Musset. Voilà le grand crime d'Hector Berlioz : il n'est pas carré ou du moins il ne l'est pas toujours...

« A ce reproche on ajoute celui d'être incompréhensible : incompris à la bonne heure... Dante est plus obscur que Dorat, Rembrandt que Boucher, Beethoven que Musard. » Et c'est ici que se trouve l'admirable profession de foi du grand poète, et qui commence par ces mots souvent cités : « Pour notre compte, nous aimons assez l'art hiéroglyphique, escarpé, où l'on n'entre pas comme chez soi : il faut relever la foule jusqu'à l'œuvre, et non rabaisser l'œuvre jusqu'à la foule [1]... »

Il fallait un singulier courage pour parler ainsi, quand les musiciens qu'on applaudissait s'appelaient Auber, Rossini et Meyerbeer. Or ce beau courage de Gautier, ne doutons pas qu'il n'ait animé Emile Deschamps lui-même à ses heures. Il lui est arrivé sans doute de louer Rossini devant Berlioz qui ne pouvait souffrir celui qu'il appelait « le gros homme gai ». Mais soyons assurés que Deschamps a maintes fois défendu Berlioz devant ceux qui le méconnaissaient. Il applaudissait de tout l'élan de sa nature généreuse aux rares succès que le grand novateur remportait au Conservatoire devant un public prévenu.

Berlioz, après un jour de triomphe, le 22 déc. 1833, écrivait à sa sœur Adèle :

« Henriette était dans un transport de joie dont toi seule au monde peux avoir une idée. Elle était si ravie en sortant, au milieu

---

1. Th. Gautier, *La Musique*, Paris, Charpentier, 1911, p. 143 et sq.

des félicitations qui lui venaient des A. de Vigny, Hugo, E. Deschamps, Legouvé, E. Sue. »

Nous voyons donc, grâce à ce document, Emile Deschamps en relations directes avec Berlioz dès 1833. Celui-ci habitait alors une maison qu'il avait louée pour lui et sa femme, au village de Montmartre, rue Saint-Denis, nº 10, sur le flanc oriental de la butte [1]. C'est là qu'après avoir fini *Harold*, en 1834, il invite ses amis Gounet, le fidèle d'Ortigue, Emile et Antoni Deschamps, Eug. Sue, Legouvé, Vigny, le pianiste Ferd. Hiller, Liszt et Chopin : Dumas et Jules Janin étaient aussi de ces réunions charmantes ainsi que Barbier et Léon de Wailly. Un beau jour du mois de mai 1834, ces poètes et ces artistes évoquaient dans le jardin de Berlioz parmi les traits brillants d'une conversation ingénieuse, leurs souvenirs d'Italie. Berlioz écrit tout cela à sa sœur : « Nous avons causé, disait-il, art, poésie, pensée, musique, drame, enfin ce qui constitue la vie en face de cette belle nature, de ce soleil d'Italie que nous avons depuis quelques jours. »

Emile Deschamps, bien que son nom ne soit pas cité dans cette lettre à côté de son frère, ne pouvait manquer à de pareilles fêtes. C'est sans doute dans une de ces belles réunions que Berlioz, qui connaissait l'enthousiasme d'Emile Deschamps pour Shakespeare et en particulier pour *Roméo et Juliette,* lui proposa d'écrire le livret de sa symphonie.

Berlioz eut souvent pour collaborateurs les meilleurs poètes de l'Ecole romantique. Il devait, dans cette Thébaïde de l'amitié qu'il habitait à Montmartre, à une lieue à peine du Paris qui dévorait son temps, esquisser maints projets, un *Hamlet*, par exemple, qu'il n'acheva point, et composer son *Benvenuto Cellini.* Vigny avait eu l'intention d'en écrire le livret, qui fut définitivement l'œuvre de Léon de Wailly, et d'Aug. Barbier. Nous apprenons, par une lettre de Spontini, citée par M. Dupuy [2], que Soumet avait dû primitivement collaborer avec Vigny au livret de *Benvenuto*, mais sa santé sans doute toujours précaire, les soins que demandait son grand poème, la *Divine Epopée* et l'intervention de ses amis l'éloignèrent de ce projet. Il faut entendre le comte de Resseguier l'adjurer, dès l'année 1828, de ne point sacrifier la poésie à la musique :

> Souviens-toi de Renaud dans les jardins d'Armide.
> Fuis, fuis de ce séjour les pièges gracieux.

1. Boschot, *H. Berlioz*, t. II, p. 115.
2. E. Dupuy, *Alfred de Vigny...*, Paris, Société française d'imprimerie et de librairie, 1912, 2 vol. in-8º, tome II, p. 302.

Prends ton vol comme l'aigle, et vole dans les cieux.
La Poésie est reine et fière, et son génie
Dédaigne le secours d'une molle harmonie [1].

Deschamps ne demandait qu'à céder au charme de l'enchanteur, d'autant plus qu'un sentiment de générosité l'y poussait. L'échec de *Benvenuto* à l'Opéra avait désespéré Berlioz. Épuisé par la lutte qu'il soutenait avec une romantique intransigeance contre le sensualisme grossier des dilettantes bourgeois, contre cette école du bon sens et du plaisir facile qui sévissait alors dans tous les arts, Berlioz était tombé malade. Les dettes qui accablaient son ménage, l'enchaînaient à la tâche, fastidieuse pour lui, de faire de la critique au lieu de composer. Son génie aurait été abattu par la rigueur du sort, sans le geste de Paganini, et sa généreuse intervention. On sait que le 16 déc. 1838, sur la scène du Conservatoire, alors qu'un public aux trois-quarts hostile emplissait la salle, le génial violoniste s'agenouilla devant Berlioz à bout de forces et que le même jour, pour le délivrer de ses dettes et le rendre à la liberté de l'inspiration, il lui faisait don de 20.000 francs. C'est à cette noble initiative que nous sommes redevables de ce chef-d'œuvre : la symphonie de *Roméo et Juliette*. Jamais dette de reconnaissance ne fut si magnifiquement acquittée. Berlioz avait résolu d'écrire « une œuvre grandiose, passionnée, pleine aussi de fantaisie, digne enfin, disait-il dans ses *Mémoires*, d'être dédiée à l'artiste illustre à qui je dois tant [2] ». Mais voici comment, dans ces mêmes *Mémoires*, il remercie à son tour Emile Deschamps, et mêle son nom au récit de la genèse d'une œuvre immortelle.

« Après une longue indécision, je m'arrêtai à l'idée d'une symphonie avec chœurs, solos de chant et récitatif choral, dont le drame de Shakespeare, *Roméo et Juliette* serait le sujet sublime et toujours nouveau ; j'écrivis en prose tout le texte destiné au chant entre les morceaux de musique instrumentale ; Emile Deschamps, avec sa charmante obligeance ordinaire et sa facilité extraordinaire, le mit en vers et je commençai [3]. »

Chemin faisant, Berlioz jouit vraiment de l'exquise complaisance de son collaborateur, qui met toute sa virtuosité de versificateur à son service. Le billet suivant nous montre Berlioz enchanté :

1. Comte Jules de Rességuier, *Tableaux poétiques*, Paris, U. Canel, 1828, in-8°, p. 9.
2. Berlioz, *Mémoires*, Paris, C. Lévy, 1881, 2 vol. in-8°, tome I, p. 340.
3. Berlioz, *ibid.*, p. 340.

« Dimanche.

« Mon cher Deschamps,

« C'est excellent, charmant, et la musique va à merveille là-dessus !
Mon Dieu ! quel bonheur de composer avec vous ! J'ai fait deux petits
changements dans la mélodie du second couplet en ajoutant un contre-
chant de violoncelle qui dialogue avec la voix. Je crois que le morceau y
gagne.

« Quand ferons-nous donc un opéra ensemble ?

« Les théâtres ne manquent pas, car à l'heure qu'il est, ils me sont
tous ouverts. Crosnier, avant-hier, me rappelait que j'avais promis d'en
écrire un pour lui, et deux jours avant, Anténor Joly me parlait d'une lettre
fort aimable qu'il m'avait écrite pour m'engager à composer pour la
Renaissance ; à l'Opéra je suis engagé avec Scribe, mais il n'y a pas grand
mal à chercher d'avance quelque chose de grand pour l'ouvrage suivant.

« Pensez un peu à cela.

« Si nous faisions un opéra de genre pour Marié et Mlle Rossi ou Mme Em-
manuel Garcia, qui va débuter et dont le talent est aussi beau que sa voix
est admirable ? Qu'en dites-vous ?

« En attendant, vivent Roméo et Juliette ! ! ! occupons-nous d'eux.

« Tout à vous.

« H. Berlioz. »

(Inédit. Collection Paignard.)

Les beaux projets que caresse ici Berlioz ne se réalisèrent pas. Il
écrivit seul le livret du génial opéra des *Troyens*, qu'il eut la douleur
de voir sombrer en 1863, au milieu de l'indifférence d'un public mal
préparé à le comprendre. Mais, tandis que Barbier et Léon de Wailly,
par tous les défauts d'un livret mal fait, avaient contribué à l'échec
de *Benvenuto*, Emile Deschamps [1] eut la chance d'unir son nom à
celui de Berlioz dans une heure radieuse de la carrière du maître.
C'est une part infime de gloire qui revient à Deschamps pour son
livret « exsangue », suivant le mot un peu sévère de M. E. Dupuy [2].
Il n'est pourtant pas sans grâce dans sa nécessaire sécheresse. On y
retrouve non seulement le vocabulaire et les images chères aux
faiseurs de romances de ce temps-là, les *transports*, les *aveux*, les
serments, les *soupirs*, les *rossignols*, mais aussi une variété de rythmes,
un tour élégant et facile où l'on reconnaît le poète. La première
strophe notamment fut goûtée ; il s'en dégage, comme d'un sachet
ancien, le souvenir au moins d'un parfum :

1. *Livret de Roméo et Juliette, symphonie dramatique avec chœurs, solos de
chant et prologue en récitatif harmonique, dédié à Nicolo Paganini et composée,
d'après la tragédie de Shakespeare, par Hector Berlioz. Les paroles sont de M. Emile
Deschamps*, Paris, 1839, in-8°.
2. Ern. Dupuy, *Alfred de Vigny...*, Paris, Société franç. d'imprimerie et de
librairie, 1912, 2 vol. in-8°, tome II, p. 312.

Premiers transports que nul n'oublie !
Premiers aveux, premiers serments
De deux amants
Sous les étoiles d'Italie,
Dans cet air chaud et sans zéphirs,
Que l'oranger au loin parfume,
Où se consume
Le rossignol en longs soupirs !

Quel art, dans sa langue choisie,
Rendrait vos célestes appas ?
Premier amour, n'êtes-vous pas
Plus haut que toute Poésie ?
Ou ne seriez-vous point dans votre exil mortel,
Cette poésie elle-même,
Dont Shakespeare lui seul eut le secret suprême
Et qu'il remporta dans le ciel ?

Emile Deschamps définissait ainsi avec une élégance surannée les deux tendances poétiques des Français qui avaient eu vingt ans sous la Restauration : le goût du romanesque et le culte du poète anglais. On peut dire que ce sont ses vers qui ont popularisé la fée Mab dans les salons du XIXe siècle :

Mab la messagère
Fluette et légère !
Elle a pour char une coque de noix,
Que l'écureuil a façonnée ;
Les doigts de l'araignée
Ont filé ses harnois,
Durant les nuits d'été, dans ce mince équipage,
Galope follement dans le cerveau d'un page,
Qui rêve espiègle tour
Ou molle sérénade,
Au clair de lune sous la tour,
En poursuivant sa promenade,
La petite reine s'abat
Sur le col bronzé d'un soldat ;
Il rêve canonnades
Et vives estocades...
Le tambour ! la trompette ! il s'éveille et d'abord
Jure et prie en jurant toujours ; puis se rendort
Et ronfle avec ses camarades,
C'est Mab qui faisait tout ce bacchanal !
C'est elle encore qui, dans un rêve, habille
La jeune fille
Et la ramène au bal.
Mais le coq chante, le jour brille,
Mab fuit comme un éclair
Dans l'air !

Voilà ce qui reste entre les doigts du poète mondain de l'extraordinaire création du poète anglais. Il ne fallait rien moins que la musique de Berlioz pour faire revenir sur les traits de ce pâle canevas la
couleur, la grâce et la vie de la fantaisie de Shakespeare. N'oublions
pas d'ailleurs que Berlioz n'avait pas demandé à Deschamps davantage ; il avait lui-même écrit en prose le texte destiné au chant et le
poète n'avait eu qu'à le mettre en vers. Il s'en était en somme fort
bien acquitté et méritait en partie du moins cet éloge de Th. Gautier,
qui, à la fin de son compte rendu de la *Presse*, du 11 nov. 1839,
écrivit : « M. Emile Deschamps, homme de beaucoup d'esprit et
poète distingué, a distribué avec beaucoup d'originalité le livret du
compositeur. » Ici Gautier exagère sans doute, mais il peut ajouter en
toute sincérité : « Il a relevé de jolies fleurs poétiques la trame du
canevas musical et satisfait heureusement les doubles exigences de
la poésie et de la musique. »

Soumet, dans une lettre adressée au poète, abonde en flatteries
aimables : « Roméo et Juliette ! Berlioz et Emile Deschamps ! ces
noms poétiques, ces noms aimés reviennent de toutes parts, cher
ami, et réveillent les échos de ma tombe et donnent la force à ma
main paralytique de soulever ma plume. Les notes si puissantes de
Berlioz n'ont pas éclipsé vos beaux vers ; il faut que la strophe soit
bien éclatante pour se faire jour à travers deux cents instruments,
et Jules Janin lui-même [1], dans son feuilleton de dimanche, a cons-
taté ce miracle... » (Collection Paignard).

Ce qu'il y a de sûr, c'est que le succès de la symphonie fut grand.
Fort goûtée à l'étranger, dans les tournées que Berlioz fit à travers
l'Europe, elle fut celle de ses œuvres qu'il put faire maintes fois
entendre à Paris pendant les années suivantes [2].

---

1. Il n'y a qu'un mot relatif au librettiste dans le compte rendu que Jules Janin
consacra le 29 nov. 1839 au *Concert de M. Hector Berlioz — Roméo et Juliette,
symphonie dramatique,* mais il est aimable en effet : Après avoir loué « le *récitatif
harmonique,* comme l'appelle Berlioz », il poursuit : « Ce *petit chœur,* comme
il l'appelle encore, se compose de 14 chanteurs et c'est merveille comme ces
14 chanteurs nous font entendre les beaux vers de M. Emile Deschamps. »

2. Berlioz écrit à E. Deschamps, le 9 janvier 1851 :

« MON CHER DESCHAMPS,

« Antony m'apprend que vous allez revenir habiter Paris ; ne manquez pas de m'envoyer
votre nouvelle adresse. Nous exécutons à la fin de ce mois (mardi 28) au concert de la Société
Philharmonique, les quatre premières parties de *Roméo et Juliette* et je voudrais vous compter
parmi nos auditeurs. Dites-moi si vous serez rentré à Paris à cette époque. Le concert d'ailleurs sera beau, je l'espère. Voyez le programme. Ainsi arrangez-vous pour y assister. Tout à
vous. Mille amitiés.

« H. BERLIOZ. »

« P.-S. Je vous ferai envoyer des billets où vous voudrez. »
(Inédit Collection Paignard.)

On connaît au contraire la persistante infortune de la traduction qu'Emile Deschamps avait faite du *Roméo* de Shakespeare. Ce drame, reçu à la Comédie-Française, en 1826, n'y fut jamais joué. Il n'eut pas plus de chance à l'Odéon. Mais comme Deschamps avait remporté en 1848 un assez vif succès avec son *Macbeth* [1] sur la scène du *second Théâtre Français*, il ne désespéra jamais d'y voir son *Roméo* représenté. Il crut sans doute en 1853 avoir trouvé le moyen de forcer la main du directeur, en se servant de l'influence de Berlioz, car voici l'idée « impraticable » qu'un rêve d'ambition longtemps caressé lui avait inspirée et qu'il proposa au musicien. Nous ne possédons, pour nous bien renseigner sur elle, que la réponse de Berlioz, mais elle est fort heureusement très claire : L'Odéon aurait monté le *Roméo* de Shakespeare, traduit par Deschamps, et dans l'intervalle des entractes on aurait joué des fragments au moins de la symphonie. Quel rêve ! et comme c'eût été beau ! Le musicien n'en peut disconvenir. Il doit ménager les susceptibilités d'un poète qu'il aime, mais il lui montre cependant que son projet est irréalisable. Il n'en parle pas seulement avec la liberté d'esprit d'un auteur qui lui, du moins, a le bonheur d'être joué ; Berlioz est généreux, il voudrait éviter à Deschamps l'épreuve d'une déception.

Tout grand artiste qu'il est et si romantique qu'on le suppose, l'ami d'Edouard Bénazet, qui a mis, par son incomparable sens de la réclame, la ville d'eau de Bade [2] à la mode, a le sens pratique, et

---

1. Berlioz avait assisté à l'une des représentations de *Macbeth* en 1848. Il remercie Deschamps et lui envoie des billets pour un de ses concerts.

« Vendredi soir.

« Mon cher poète,

« Pouviez-vous croire que j'accepterais *de quoi que* vous ayez sans chercher à vous offrir de quoi que je puisse avoir ?... J'avais donc demandé à Taylor deux places que j'ai dans ma poche depuis quatre jours et que voici. Dieu veuille que vous trouviez au concert la dixième partie seulement des grandes émotions d'art que *Macbeth* m'a fait éprouver !

« Adieu, je suis si fatigué de la répétition de ce matin que je puis à peine tenir ma plume.

« Tout à vous,

« H. Berlioz. »

(Inédit Collection Paignard.)

2. De retour d'Angleterre à Paris le 10 juillet 1853, Berlioz terminait son feuilleton des *Débats* par cette sorte de réclame : « Tout le monde va à Bade pour le 11 août, allons à Bade ! » Il y était invité par Edouard Bénazet, son futur Mécène, et voici le vivant portrait que M. Boschot, dans le 3ᵉ volume de ses études sur Berlioz, a tracé de cet homme d'affaires : « Cet Edouard Benazet était un heureux risque-tout, un bon garçon, actif, remuant, plein de ressources et à qui les aventures les plus périlleuses avaient réussi. Né sur la roulette, entre la rouge et la noire, fils d'un croupier fameux, qui avait jadis présidé, dans le galant et interlope Palais-Royal, les salons du *grand seize* — notre Edouard passe par le Conser-

c'est de Baden-Baden, où l'étonnant homme d'affaires l'a invité, de Baden-Baden où Berlioz dirige au Casino sa *Damnation de Faust*, qu'il écrit à Deschamps cette intéressante lettre :

BERLIOZ A E. D.

« Baden-Baden, 14 août [1848 ?].

« MON CHER DESCHAMPS,

« On m'apporte la lettre que vous m'avez adressée à Paris. Votre idée de faire figurer ma symphonie (*notre* symphonie) dans la représentation de *Roméo et Juliette* est de tout point impraticable ; je suis obligé à mon grand regret de vous l'avouer. La musique n'a point de place dans le drame de Shakespeare et ma partition dure deux heures. Cet ouvrage a d'ailleurs été composé dans une intention tout autre et ne pourrait s'introduire dans l'action shakespearienne. Enfin tout ce qu'on pourrait faire coûterait une somme telle que le directeur de l'Odéon ne peut sincèrement y songer. Supposons qu'on exécute *dans les entr'actes la Fête, la Scène du Balcon, la Fée Mab, le Convoi funèbre*. Ces quatre entr'actes n'entraveroint pas, il est vrai, la marche de la pièce et peuvent servir, j'en conviens, à donner un certain attrait à la représentation, mais l'orchestre devra être composé de 80 musiciens au moins et le chœur de 50 choristes au moins. Or cela coûtera, si on les engage pour 10 *représentations* (je suppose) au moins 50 francs par artiste, c'est-à-dire 130 fois 50 f. ; de plus il faudra payer un grand nombre de répétitions.

« Je pense que ces dix représentations illustrées (comme disent les libraires), coûteraient pour les musiciens seulement et la location d'instruments et les menus frais de copie de musique au moins 9.000 frcs. L'administration de l'Odéon peut-elle augmenter ses frais d'une pareille somme ? En outre, je vous avoue que l'exécution d'une pareille partition, dirigée par un autre que par moi serait (à Paris) un vrai massacre. Je voudrais donc conduire moi-même mon ouvrage.

vatoire : en quelques mois, il y prend une teinture de musique et de goût théâtral, puis se lance dans les affaires. Après des avatars invraisemblables, le voilà, en 1853, une puissance mondaine. — C'est lui « le roi de Bade ». En effet, Baden-Baden, fort à la mode, est à la fois ville de jeu, ville d'eaux, ville de femmes, et notre Edouard Bénazet y est le fermier de la roulette.

« Par la roulette, il tient tout : Hôteliers, teneurs de garnis (avec ou sans garniture féminine), sociétés de steeple-chase ou de tir aux pigeons, journaux balnéaires, boutiquiers de tous articles, loueurs de voitures, — tout ce qui sur les étrangers... dépend de ce fermier général de la roulette. Et quel agent de publicité ! Un agent européen. Tout journal à clientèle riche (tels les *Débats*), doit compter avec Bénazet, cet empereur du pair ou impair. Il lance Baden-Baden... Coups de réclame... Il y attire pêle-mêle, acteurs, tragédiennes et comédiens, virtuoses, prestidigitateurs, danseurs, chanteurs, élégantes et *demoiselles*, jockeys, artificiers. — Pour Bénazet, le fantaisiste et brillant chroniqueur des *Débats* est un associé précieux, un rabatteur. Bénazet l'invite, lui assure un gros cachet. Si bien que Berlioz, au moment où les Parisiens vont à la campagne, aux eaux ou à la mer, lance cette mirifique réclame :

« Tout le monde va à Bade, pour le 11 août, allons à Bade ! » Cf. Adolphe Boschot, *Le Crépuscule d'un romantique*, Paris, Plon-Nourrit, 1913, in-8°, p. 319-320.

« Puis il faudrait prendre sur les places du public *trois rangs et plus* de banquettes pour augmenter l'emplacement de l'orchestre, autre dépense. Vous voyez que cela ne se peut.

« Je ne suis du reste d'aucune société du genre de celle dont vous me parlez.

« Je serai de retour à Paris le 25 ou le 26 de ce mois. Excusez-moi de vous répondre ainsi à bâtons rompus, je suis au milieu des répétitions du grand concert que je dirigerai ici mardi prochain et par la chaleur dont nous jouissons, c'est un métier terrible. Mais l'entrepreneur [1] fait royalement les choses, et cela marchera et nous aurons un splendide résultat.

« Je regrette bien, mon cher poète, de vous répondre d'une façon aussi peu encourageante ; mais un fait est un fait, quoi qu'en disent les doctrinaires, et d'ailleurs vous savez aussi bien que moi qu'en musique on ne se décide jamais (à Paris) à faire les choses qu'à-demi.

P.-S. — Je relis votre lettre, la réouverture est pour le 1er septembre... impossible.

   « Mille amitiés.

    « Votre tout dévoué,

         « H. Berlioz.

« Je serai ici jusqu'au 24. »

  (Inédit. Collection Paignard.)

Émile Deschamps, en dépit des conseils de Berlioz, dut persister quelque temps dans son idée, faire des démarches et aboutir finalement à un échec. Nous n'avons pas la lettre où il racontait à son ami l'insuccès de sa tentative, mais la réponse de Berlioz est une des plus aimables lettres de consolation qu'on puisse lire. Elle rend d'abord un hommage délicat au caractère du poète, que les déceptions n'aigrissent pas et qui recherche dans l'amitié de ceux qu'il admire l'oubli de ses propres déconvenues ; mais elle nous révèle surtout l'élévation naturelle des sentiments de Berlioz. On s'est peut-être complaisamment attaché dans les belles études qu'il a inspirées, ces dernières années, à faire ressortir la part d'artifice qu'il y eut dans son attitude romantique en face des bourgeois de son temps, on a signalé l'outrance du personnage shakespearien qu'il a voulu jouer ; et le frénétisme de ses passions, leur volcanisme exalté jusqu'à la névrose, ont été impitoyablement relevés ; cependant quelle élégance morale au sein des pires excès ! quelle générosité dans sa conduite, et quelle sincérité d'accent dans son style, le plus spontané qui fut jamais ! S'il est vrai que la grâce de quelques propos exprime une nature d'homme, dans la lettre suivante éclate le désintéressement d'une âme d'artiste. Berlioz aurait aimé le succès et les applaudissements

---

1. L'entrepreneur n'est autre que le Bénazet dont il a été question plus haut.

qui lui furent trop souvent refusés. Il a recherché passionnément la
gloire du monde. Mais comme il s'en passe aisément, quand dans la
solitude, en face du spectacle de la nature, il revient à lui-même, pur
artiste, génie créateur ! Virgile alors et la sérénité de l'idéal classique
dominent ce grand cœur pathétique, avec tout le cortège des sentiments apaisés :

Berlioz a E. Deschamps

« Saint-Germain, samedi 31 oct.

« Je serai presque tenté, mon cher Deschamps, de me réjouir des impos-
sibilités musicales contre lesquelles nous nous sommes heurtés, puisqu'elles
m'ont valu la lettre cordiale et charmante que vous venez de m'écrire.

« Laissez-moi vous serrer la main ; rien ne me ravit comme les témoignages d'affection d'un homme d'esprit. Les arbres épineux produisent si
rarement des fruits doux et savoureux... Eh bien donc, si vous le voulez,
désolons-nous ensemble. Oui, c'eût peut-être été beau. Mais peut-être
aussi la musique eut-elle semblé indiscrète, en prenant une aussi large
part dans la représentation de votre poème. Elle n'y est pas impérieuse-
ment appelée, et je craignais, je l'avoue, que mes longs morceaux sympho-
niques ne produisissent sur l'auditoire l'effet de longues pièces de vers
récitées dans un concert entre les diverses parties d'une symphonie.

« Les arts sont frères, il est vrai, mais ce sont des frères jaloux. Libre à
vous de dire que je les calomnie. Mais convenez que Paris est un singulier
monde pour les artistes qui ont quelques velléités de faire la moindre chose
inusitée. Je suis moins sensible que vous aux contrariétés de toute espèce
que nous sommes destinés à y subir ; l'habitude m'a bronzé ; et j'ai vu
tant d'absurdités du genre de celle qui vous afflige, que je puis maintenant
à coup sûr prévoir qu'un projet est irréalisable seulement parce qu'il est
beau.

« Je vous remercie de l'aimable soirée que vous m'avez fait passer avec
vos deux aimables convives. Pourquoi nous voyons-nous si rarement ?
Informez-moi du moins des jours où vous venez à Paris et souvenez-vous
quelquefois du chemin de la rue de Calais.

« Je suis en ce moment chez des amis à St-Germain. On m'a installé dans
un salon exposé au soleil, ouvert sur un jardin ayant en perspective la
vallée de Marly, l'acqueduc *(sic)*, des bois, des vignes, la Seine ; la maison
est isolée ; silence et paix de toutes parts ; et je travaille à ma partition
avec un bonheur inexprimable, sans songer un instant aux chagrins qu'elle
ne manquera pas de me causer plus tard.

« La vue de la campagne paraît même donner plus d'intensité à ma passion virgilienne.

« Il me semble que j'ai connu Virgile ; il me semble qu'il sait combien
je l'aime. Ne vous faites-vous pas aussi cette douce illusion ?... Hier,
j'achevais un air de Didon, qui n'est que la paraphrase du fameux vers :

« *Haud ignara mali miseris succurrere disco.* »

« Après l'avoir chanté une fois, j'ai eu la naïveté de dire tout haut :

« C'est cela, n'est-ce pas, cher Maître ? *Sunt lacrymae rerum ?* » Comme si Virgile eût été là.

« Adieu, mille souhaits pour la prochaine représentation de votre *Roméo*, qui a bien assez de la musique de vos vers.

« Votre tout dévoué.

« Hector BERLIOZ. »

(Inédit. Collection Paignard.)

S'il était nécessaire de mesurer jusqu'à quel degré d'intensité s'élevait dans l'âme du plus shakespearien des romantiques français l'amour de Virgile et le goût de la beauté classique, il faudrait étudier encore la lettre suivante :

BERLIOZ A ÉMILE DESCHAMPS

« MON CHER DESCHAMPS,

« Je savais déjà, par un billet d'Antony, votre rechute et vos souffrances et je regrettais vivement d'être esclave au point de ne pouvoir aller à Versailles passer une heure auprès de votre lit.

« Il faut que vous ayez un grand fonds de bonté pour songer à m'écrire, malade comme vous l'êtes ! Les gens bien portants ont déjà tant *de peine* à penser à leurs amis !

« Antony n'a pas pu assister à cette lecture qui en effet a été très heureuse. J'achève en ce moment la partition, après dix-huit mois de travail.

« Que deviendra cette énormité ? Dieu le sait ! Encore il n'est pas sûr qu'Il le sache. Mais en écrivant cela, j'ai cédé à un entraînement irrésistible : j'ai satisfait une violente passion qui éclata dans mon enfance et n'a fait depuis lors que grandir.

« De quoi me plaindrais-je donc si l'ouvrage n'est jamais joué ?... Toutes ces créatures des poèmes antiques sont si belles ! tout ce monde animé de passions épiques parle un si harmonieux langage ! La musique est là dans son élément. Mais où trouver une Cassandre ?

« Cette sublime *Priameia virgo* n'existe pas à coup sûr à l'Opéra de Paris.

« Où trouver une Didon ?

« Où trouver Énée ? lequel de nos ténors saurait porter héroïquement le bouclier et dire noblement en embrassant Ascagne :

> « D'autres t'enseigneront, enfant, l'art d'être heureux.
> « Je ne t'apprendrai, moi, que la vertu guerrière,
> « Et le respect des Dieux.
> « Mais révère en ton cœur et garde en ta mémoire
> « Et d'Énée et d'Hector les exemples de gloire. »

> *Et pater Aeneas et avunculus excitat Hector.*

« Je suis comme Robinson quand il eut achevé son grand canot ; il ne me manque plus que la mer et un bon vent. Or, le vent, en ce cas, c'est le public : et je tiens le public parisien pour absolument incapable de ne pas apporter à la représentation d'un semblable ouvrage les idées les plus platement saugrenues : il attendra toujours la Polka ou la Redowa qui doit le dédommager du reste.

« Mais qu'importe !

« Je n'ai pas osé vous écrire, mon cher Deschamps, pour cette soirée, parce que je trouvais tout-à-fait indiscret et prétentieux de vous demander de venir de Versailles entendre des vers d'amateur ou de musicien, ce qui revient au même.

« Antony étant à Paris, mon invitation était un peu moins ridicule.

« Mille amitiés et autant de souhaits pour votre prompt rétablissement.

« Hector Berlioz.

« 3 mars 1858. »
(Inédit. Collection Paignard.)

Quant à Emile Deschamps, quel était-il aux yeux de Berlioz ? Le regard romantique ne modifie point, autant qu'on le prétend, les proportions des hommes et des choses. Berlioz appréciait chez Emile Deschamps le charmant héritier de l'esprit du xviiie siècle, et le petit mot qui suit en fait foi :

« Mon cher Deschamps,

« Tirez-moi de peine ; je cherche inutilement depuis quelques jours une chanson que je croyais être du contemporain de Parny, le petit Anacréon musqué Bertin. J'avais mis en musique autrefois cette niaiserie et maintenant un éditeur veut la faire figurer dans un recueil de morceaux de cette espèce.

« Je n'en ai que le premier couplet que voici :

« Lise guettait une fauvette
Dans un buisson,
« Tout auprès l'Amour en cachette
Guettait Lison.

« L'oiseau s'enfuit. Lison surprise
Par un amant
« Au trébuchet se trouva prise,
Ne sait comment.

« J'ai eu beau feuilleter deux petits volumes de Bertin, je n'y trouve point ma chanson. Peut-être pourrez-vous me dire où elle est, et m'envoyer la suite. Si vous n'en découvrez pas l'auteur, qui est à coup sûr un de ces poétillons de l'époque de Parny, ma foi ! je ne vais pas par quatre chemins, et je vous prie tout net de me faire trois autres couplets.

« Pardon de cette nouvelle audace que j'ai de vous ennuyer encore et croyez à la sincère amitié de votre tout dévoué.

« H. Berlioz.
« 15, rue de La Rochefoucauld. »

« Paris, 15 mai. »
(Inédit. Collection Paignard.)

Deschamps, chargé par Berlioz de compléter Parny, de continuer Bertin ! Voilà de la bonne et fine critique ! Berlioz le remercie de n'avoir point déçu son attente par ce petit pot-pourri facétieux qu'on va lire :

BERLIOZ A E. DESCHAMPS.

« 21 mai 1849.

« MON CHER POÈTE,

« Je vous remercie forty thousand times ; la vostra canzonetta is very charming, and perfectly taillata per la musica. Your poetry sur les folies socialistes is magnificently true and truly magnificent. Inveni quatuor amicos inter ces beaux vers... you understand ?... (Et Dieu qui tient en main, etc...) Je vous enverrai le recueil dès qu'il aura paru.

« Good morning

« Schiav ! [sic]

« H. BERLIOZ.
« 15, rue de Larochefoucauld.

« Puis-je donner votre nom à Lison ? Elle y a 16 droits ; c'est pour vous une honete (sic) dose de paternité. »

(Inédit. Collection Paignard.)

Le ton de cette correspondance n'est pas toujours aussi plaisant. L'âge qui vient, jette sur elle une ombre de mélancolie. A propos d'une édition allemande de leur symphonie, que prépare Théodore Ritter, Berlioz rappelle à Deschamps que leur collaboration remonte déjà à vingt et un ans ; il l'invite à venir écouter chez lui chanter au piano — puisqu'il s'agit d'une réduction de la partition pour cet instrument, — Roméo, Juliette, et... tout leur passé.

[1861].

« MON CHER POÈTE.

« Le jeune Théodore Ritter (un grand musicien de seize ans) vient de réduire pour piano seul l'orchestre de notre symphonie, pour une édition allemande qui va être imprimée à Leipzig. Ce travail fait sous mes yeux et très bien fait, sera publié avec le double texte allemand et français. Ritter se propose de nous jouer l'œuvre entière chez Pleyel, rue Rochechouart, *lundi prochain à 2 heures.* Si vous étiez libre à ce moment de la journée, je serais bien enchanté qu'il vous fût possible de venir applaudir notre virtuose, et nous *causerions* au sujet de l'Odéon.

« Il y aura une dizaine d'auditeurs ; venez, cela nous rajeunira... Il y a 21 ans que nous avons chanté Juliette et Roméo, et nous ne sommes pas comme ces illustres amants, qui restent et resteront toujours jeunes. Si Antony voulait venir, je serais bien aise de lui serrer la main : Avertissez-le.

« Mille amitiés. Votre tout dévoué,

« Hector BERLIOZ.

« 4, rue de Calais,

« Jeudi soir. »

(Inédit. Collection Paignard.)

Une autre fois, sous le coup d'un deuil cruel[1], le vieil artiste, épuisé, succombe à son émotion et, ce n'est qu'un sanglot désolé :

« 19 juin 1862.

« Ah ! merci, mon cher Deschamps, pour votre charitable lettre. Oui, le coup a été affreux. Elle s'attendait à cette mort, mais j'étais fort loin de m'y attendre. Je ne sais trop comment je vais achever maintenant ma vie isolée. Je n'espère qu'en mes amis. Vous venez de me prouver que je n'ai pas tort de compter sur eux. Dès que je le pourrai, j'irai vous voir, puisque je sais que vous êtes aussi un isolé et·de plus souffrant et malade.

« A vous de cœur et de reconnaissance.

« H. BERLIOZ.

(Inédit. Collection Paignard).

Nous terminerons cet examen rapide des sentiments divers que les circonstances inspirèrent à Berlioz et à Deschamps l'un pour l'autre au cours d'une longue amitié, par ce témoignage de reconnaissance du grand artiste envers l'amateur exquis, qui savait si bien admirer : Deschamps, sortant d'un concert organisé par Berlioz, avait dû lui adresser quelques vers enthousiastes. Berlioz lui répond :

« Mon cher Deschamps. Je vous remercie d'abord de vos beaux vers, et puis encore de la bonne amitié qui les a dictés. Je vous assure (c'est naïf, j'en conviens) que rien ne me rend heureux, quand il y a succès *coram populo*, autant que les suffrages des intelligences d'élite telles que la vôtre. Il me semble que vous autres *altissimi*, vous daignez descendre jusqu'à la foule, et vous mêler à elle pour fêter un ami. Et c'est là ce qui me touche, bien plus que les démonstrations bruyantes, bien plus que tout... »

(Inédit. Collection Paignard.)

Ces paroles si simples, jaillies du cœur de Berlioz, sont un hommage rendu au rôle, que Deschamps joua toute sa vie, entre les grands artistes de son temps et le public. Lui qui aurait pu jouir en égoïste épicurien de la compagnie *des intelligences d'élite*, à laquelle il appartenait par droit de naissance, il daigna *descendre jusqu'à la foule* et se consacrer à répandre, à organiser la gloire de ses amis.

1. Berlioz venait de perdre sa seconde femme, Marie Berlioz-Recio. Une crise cardiaque l'avait foudroyée le 13 juin chez des amis, à Saint-Germain-en-Laye. La douleur de Berlioz fut extrême. Le transfert du corps eut lieu le lendemain de Saint-Germain à Paris, dans l'appartement qu'habitait Berlioz, rue de Calais. Et c'est le lundi 16 juin qu'il enterra Marie, non loin de la tombe où dormait Henriette Smithson, l'Ophélia de sa jeunesse. Cf. Adolphe Boschot, *Le Crépuscule d'un romantique*, Paris, Plon-Nourrit, 1913, in-8º, p. 556.

IX

DESCHAMPS ET LA ROMANCE

En somme, Emile Deschamps a collaboré rarement à de grandes
œuvres musicales, et si nous avons rapproché son nom de celui de
Scribe, ce n'est point à cause de la fécondité de sa production. Si
nous ajoutons aux livrets qu'il écrivit pour la symphonie de *Roméo*,
pour les opéras de *Stradella*, des *Huguenots*, de *Don Juan*, le livret
qu'il composa, sur la demande d'Amédée de Beauplan[1], pour un opéra-
comique en un acte, intitulé le *Mari au bal* (représenté sur le théâtre
royal de l'Opéra-Comique, le 25 octobre 1845), et le livret d'une cantate de Bazin[2], intitulée : *Loyse de Montfort*, (couronnée par l'Institut
en 1862), nous n'aurons plus à énumérer que des projets restés à
l'état d'ébauches et dont nous avons trouvé l'indication dans une
note de ses manuscrits[3].

1. *Amédée Rousseau, dit de Beauplan*, né à Versailles en 1790, mort à Paris le
24 déc. 1853, était le fils d'un maître d'armes des enfants de France, et le neveu
de Mme Campan et de Mme Auguier, attachées au service de Marie-Antoinette.
Cet enfant du peuple, frotté d'élégance, sut rester toute sa vie un amateur et un
dilettante. Il eut comme peintre au Salon quelques succès, mais ce sont ses
romances, ses nocturnes et ses chansonnettes qui illustrèrent le nom du poète-
musicien. Voici quelques titres : *Le Pardon, l'Ingénue, Bonheur de se revoir, la
Valse du petit Français, l'Anglais mélomane, l'Enfant du régiment.*
Outre l'opéra-comique qu'il composa sur le livret d'Emile Deschamps, il donna
à l'Opéra-Comique, l'*Amazone*, en 1830, et à la Comédie-Française, *le Susceptible*,
comédie en un acte, 1839. Il écrivit quelques autres comédies-vaudeville : *La
dame du second*, en 1840, *La Villa Duflot*, en 1843, *Deux filles à marier* (1844),
Oui et non en 1846.
2. *Bazin* (François-Emmanuel-Joseph), né à Marseille le 4 sept. 1816, mort à
Paris, le 2 juillet 1878, fut un des plus brillants élèves du Conservatoire de Paris.
Il y revint comme professeur de solfège et d'harmonie. Parmi ses œuvres les plus
heureusement inspirées, on peut citer le *Trompette de M. le Prince* (1846), *Le
Malheur d'être jolie* (1847), *La nuit de la Saint-Sylvestre* (1849), *Madelon* (1852),
Maître Pathelin (1856) et surtout le *Voyage en Chine* (1865), le plus joyeux et le
plus connu de ses opéras-comique, et dont le livret était de Labiche et de Dela-
cour.
3. 1 livret d'opéra en 2 actes et 4 tableaux, sous ce titre : *L'Ange serviteur*, pour
la musique de Meyerbeer.
1 livret pour l'opéra de Vaucorbeil, intitulé les *Francs-Juges.*
1 livret pour l'opéra-buffa du même musicien, intitulé la *Jeune esclave.*
1 livret pour l'opéra-bouffe en 1 acte, composé avec Emilien Pacini, sous le

Lui-même il le confesse, dans la lettre adressée à Fr. Grille, que nous avons citée plus haut : « Ma littérature n'est pas au théâtre, ni mes goûts, ni mes habitudes. Le hasard m'y a jeté et l'amitié de quelques compositeurs... » Il devrait ajouter aussi l'amour de la musique et le goût des succès mondains. C'est cette faiblesse qui le fit rechercher des compositeurs de romances. Il était capable de traduire en vers presque sur-le-champ les notes des mélodies qu'il entendait et fut un des paroliers les plus à la mode sous la monarchie de Juillet [1]. Aussi de nombreux musiciens, par reconnaissance autant que par goût, se sont-ils maintes fois inspirés de ses poésies. Il cultiva d'ailleurs toute sa vie avec prédilection ce genre déchu aujourd'hui, mais autrefois si apprécié de la romance, où la musique s'unissait naturellement à la poésie.

Il faut remarquer avant toutes choses combien cette union aurait pu être féconde dans notre littérature du xixe siècle, et pourquoi elle ne l'a point été. C'est par la romance que le renouvellement de la poésie lyrique a commencé au xviiie siècle en France aussi bien

titre de : *La Rivale de Frosine*, pour la musique de M. Renard de Vilbac (daté du mois d'août 1862).

1 livret pour un opéra en 5 actes tiré d'*Hamlet*, par Emile Deschamps et Emilien Pacini, pour la musique de M. Henri de R. (illisible) (daté du mois d'août 1862.)

1. Il était si à la mode en ce temps-là qu'un jeune musicien le priait bien respectueusement d'écrire pour lui quelques couplets. Ce jeune musicien s'appelait Richard Wagner.

« Paris, ce 28 sept. 1840.

« Monsieur. La grande complaisance avec laquelle vous avez bien voulu agréer ma prière de me faire quelques couplets me rend assez hardi pour vous prier de vous occuper le plus tôt possible de mon affaire, parce que Mr Pillet veut m'accorder sous peu de jours une petite audience, où je voudrais lui faire entendre les couplets en question.

« Agréez, Monsieur, l'assurance de la plus haute considération avec laquelle j'ai l'honneur d'être votre tout obligé serviteur.

Richard WAGNER,
« 25, rue du Helder. »

Dans une autre lettre, malheureusement sans date, Wagner écrit à Deschamps que pour lui complaire, il fera dans la *Gazette musicale*, sans doute, un compte-rendu des romances de Mme Molinos, une amie du poète :

« Monsieur. C'est avec plaisir que je me chargerai du compte rendu de l'album de Mad. Molinos : seulement comme je voudrais faire de la réclame, un article, et entrer dans quelques détails, ce que je ne pourrais faire qu'en parcourant les romances, il me faudrait d'abord un exemplaire. Je vous prie de me l'envoyer le plus tôt possible, afin que mon article puisse paraître dans le numéro prochain de jeudi.

« Agréez, Monsieur, l'assurance de la parfaite considération de votre très obligé serviteur.

Richard WAGNER,
« 25, rue du Helder. »

[De la main d'Emile Deschamps, en bas : *Gazette musicale*.]

(Collection Paignard.)

Le futur auteur de l'*Or du Rhin* et de *Parsifal*, rendant compte obscurément sous Louis-Philippe, dans une revue musicale quelconque, d'un humble album de romances à la mode, c'est pour le moins imprévu.

qu'en Angleterre et en Allemagne. Mais, tandis que dans ces deux pays, le rapprochement des deux arts avait eu pour effet de mettre le lyrisme en contact avec les sources de la poésie populaire, et, dans une époque de réflexion et de culture, de remplir d'une atmosphère toute fraîche, d'une inspiration naïve, d'une couleur primitive, les ballades d'un Robert Burns, les lieds d'un Gœthe, les poèmes d'un Uhland, en France, la force de la tradition mondaine gêna le développement d'une pareille éclosion. Ce n'est qu'à la fin du siècle dernier, à partir de 1870, que le génie lyrique de la France meurtrie, repliée sur elle-même, revint aux sources populaires, s'inspira franchement de la tradition provinciale. Cette renaissance de la poésie locale fut-elle la cause ou l'effet des études folkloristes auxquelles des esprits comme Gaston Paris donnèrent une vigoureuse impulsion dès 1866 ? c'est ce qu'il est difficile à dire. Quoi qu'il en soit, l'inspiration de nos grands lyriques romantiques si personnelle et si originale cependant, est de qualité bien plus mondaine et littéraire que celle de leurs rivaux allemands ou anglais. Nourris aux lettres antiques, plus pénétrés qu'ils ne le croyaient eux-mêmes des préjugés classiques, et curieux de littérature étrangère, ils n'ont que rarement, pour ne pas dire jamais, tourné les yeux vers les sources de la poésie populaire, et c'est à peine si l'on pourrait citer, pendant la période romantique, parmi les premiers folkloristes, Gérard de Nerval, Nodier, Pierre Dupont et Champfleury.

Émile Deschamps est encore à cet égard un témoin bien intéressant de son temps. Il a adoré la romance, il a écrit des romances toute sa vie. Or, combien de fois eut-il l'idée de sortir des salons, où on l'applaudissait, pour regarder au moins la carte de la France poétique ? Je ne peux pas dire que cette idée ne lui vint pas, puisqu'on relève dans ses œuvres l'adaptation d'une ballade bretonne [1] et la traduction

---

1. Sur le développement de la poésie provinciale, voir dans les *Nouveaux Lundis* de Sainte-Beuve, le premier article consacré à la *Poésie en* 1865 *(Edition M. Lévy,* 1868, tome X, p. 124) ; le critique y parle du recueil d'un poète bourguignon, L. Goujon, et il ajoute : « Le volume de M. L. Goujon, par une de ses dédicaces, m'avertit qu'il y a eu dans ces dix dernières années tout un groupe de poètes provinciaux, rallié à l'appel de Thalès Bernard, et qui formait — qui forme peut-être encore — l'Union des poètes ». Sainte-Beuve constate en note que « cette *Union* subsiste ». Thalès Bernard était lié avec Deschamps.
Voici la lettre qu'il écrivait le 18 avril 1870 au vieux poète :
« CHER ET EXCELLENT MAITRE,
« Puisque vous voulez bien patronner les *Mélodies pastorales,* permettez-moi de vous demander votre souscription (2 fr. 50 en timbres-poste) pour la 8ᵉ livraison qui va paraître. J'y ai inséré une assez grande quantité de chants bretons tirés du recueil publié récemment par M. Luzel, car je vous dirai que pour me distraire de cet abominable hiver qui vient de nous enlacer,

de deux poésies de Jasmin [1]. Elles sont là pour témoigner de la curiosité toujours en éveil de son esprit ; mais l'interprétation littéraire qu'il en donne, suffirait pour prouver à ceux qui ne le sauraient pas,

je me suis mis à étudier la langue bretonne sous la direction d'un maître qui ne sait ni lire ni écrire, ce qui me console du peu de rapidité de mes progrès dans cet idiome compliqué... »

Sainte-Beuve n'avait pas manqué dans son 3e article sur la *Poésie en* 1865, de signaler le poète breton, dont parle Thalès Bernard dans sa lettre à Emile Deschamps, « M. Luzel qui vient, écrit-il, de publier un recueil de poésies bretonnes et en pur breton, avec traduction, il est vrai. Cette tentative qui n'est point la seule de son espèce, et qui se rattache à tout un mouvement provincial en faveur des anciens idiomes ou patois, vaut pourtant la peine qu'on la remarque... »

L'intérêt du mouvement déterminé en Provence par Mistral et Roumanille n'échappa point à Emile Deschamps comme en témoignent les strophes dédiées à Adolphe Dumas. Cf. ses *Œuvres complètes*, tome I, p. 137.

1. Jasmin est un des rares poètes régionaux que le Paris romantique ait connu et apprécié. Révélé par Charles Nodier, qui écrivit, dans le *Temps* du 10 octobre 1835, un article élogieux sur les *Papillotos* du perruquier d'Agen, il fut l'objet de deux études de Sainte-Beuve, parues l'une dans la *Revue des Deux-Mondes* de mai 1837, l'autre dans le *Constitutionnel* du 7 juillet 1851. Le grand critique comparait tour à tour à Théocrite, à Manzoni, à Gray, voire même au Lamartine de *Jocelyn*, mais à un Lamartine qui se défierait de l'improvisation et unirait le travail au génie, l'auteur de ces belles idylles : *L'Aveugle de Castel-Cuillé, Marthe l'Innocente,* et *Mes souvenirs.* C'était la gloire, une gloire méritée. Le 16 mars 1843, Emile Deschamps, dans des strophes adressées à Jasmin, le plaçait au rang des grands poètes :

La France en compte cinq ou six... et vous en êtes !

Le poème dédié en 1837 par Jasmin *A M. Silvain Dumon, député, qui avait condamné à mort la langue gasconne,* est une belle apologie du patois. Il a tenté Emile Deschamps, que le patriotisme local de Jasmin avait touché. Il voulut le traduire en « *langue francimande* » et n'y a pas mal réussi. La copie moins savoureuse que le texte gascon en reproduit cependant le mouvement général, la variété rythmique. On y retrouve avec plaisir les fragments de chansons populaires que Jasmin avait insérés dans son poème et qui sont rendus par Deschamps avec autant de bonheur que d'exactitude :

. . . .
Tenez : la mariée... Entendez-vous là-bas ?
    — « Elle pleure, ta mère !
        Et tu t'en vas !
    Pleure, pleure, bergère...
      Je ne peux pas ! »

Tenez : le métayer, interrompant l'ouvrage,
    Qui crie aux jeunes pastoureaux :

    Enfants, renfermez les agneaux,
    L'arc en ciel du matin, — orage ! —
    Tire les bœufs du labourage. »

Tenez : le tonnelier, sous des berceaux touffus,
    Qui chante au bruit confus
    Des marteaux sur les fûts :

    « Allons, vigneron, vigneronne,
    Frappons tous tonneaux et cuviers ;
    Frappons fort le vin qui bourgeonne,
    Emplit la cave et les celliers.

7

à quel point son talent était peu fait pour traduire les chants libres et simples de la poésie populaire [1].

Il faut considérer Emile Deschamps dans l'atmosphère brillante des salons de la Restauration et de la monarchie de Juillet. Il avait dû, quand il était jeune, chanter, dans le salon de son père, les romances qui avaient charmé la cour de Marie-Antoinette et la société aristocratique pendant la Révolution : *Que ne suis-je la fougère ?* œuvre charmante de Ribouté, et la délicieuse poésie de Fabre d'Eglantine : *Il pleut, il pleut, bergère !* que Simon mit en musique, ou encore *le pauvre Jacques* de la marquise de Travenet. Et lui-même, sous le Directoire et pendant le Premier Empire, il avait entendu Garat, l'admirable chanteur, et Dalvimare, le célèbre harpiste, Blangini, qui fut aimé de Pauline Borghèse, et Plantade, le maître de chapelle de la reine Hortense. C'étaient alors les maîtres de la romance. Cette dernière princesse les accueillait avec faveur : on chantait auprès d'elle, dans le somptueux hôtel de la rue Laffitte, ces chansons aujourd'hui vieillies, qui disaient la guerre et l'amour : *Un jeune troubadour qui chante et fait la guerre. — Mon cœur soupire ! — Prêt à partir pour la rive africaine.* Hortense de Beauharnais inspirait au comte de La Borde la romance qui devait devenir si célèbre :. *Partant pour la Syrie,* et tant d'autres romances dans le goût troubadour : *Vous me quittez pour aller à la gloire. — Colin se plaint de ma rigueur. — Reposez-vous, bon chevalier.* A cette époque, Emile Deschamps collaborait à l'*Almanach des Muses* et composait *La Colombe du chevalier* ; mais il ne semble pas s'être beaucoup adonné à la romance proprement dite, avant la chute des Bourbons. Chose singulière ! le romantisme n'influença qu'assez tard ce genre, dont la vogue ne sortait pas des salons. Or, l'on sait que pendant cette période de bataille littéraire, Deschamps, l'un des chefs du mouvement novateur, rêvait la gloire du théâtre, popularisait à Paris, Byron, Gœthe et Shakespeare, combattait pour Vigny et V. Hugo. Il laissait cueillir à de moins ambitieux les palmes de la romance ; et, tandis que le genre troubadour déclinait, le pur sentiment inspirait à Romagnesi, à Amédée de Beauplan, à Edouard Brugnière, à Mme Pauline Duchambge, l'amie et la collaboratrice de Mme Desbordes-Valmore, des œuvres dolentes et langoureuses qui empruntèrent, il est vrai, la plus grande partie de leur charme à la voix de la Malibran. Que de pleurs ont fait verser alors ces élégies :

1. Le développement de la Romance et la naissance du goût pour le moyen âge au xviiie siècle, font l'objet d'une étude spéciale dans un chapitre de notre ouvrage intitulé : *Un bourgeois dilettante à l'époque romantique : Emile Deschamps.*

Depuis longtemps j'aimais Adèle ! — Dormez, chères Amours ! — Laissez-moi pleurer, ma mère ! — La Brigantine. — La Séparation[1] !
La vogue de ces romances est contemporaine du succès de la *Pauvre Fille* de Soumet, du *Petit Savoyard,* de Guiraud. Leur rivale de gloire, Mme Pauline Duchambge[2], disait avec la plus entière conviction : « J'ai composé mes romances avec mes larmes ! »

Les larmes de Pauline Duchambge ne cessèrent pas de couler, quand les Bourbons retournèrent en exil ; elles ont même inondé bien des romances du temps de Louis-Philippe de leur flot indiscret, et la muse mélancolique de la bonne dame gémit encore dans les complaintes de Masini : *Une chanson bretonne. — Dieu m'a conduit vers vous ! — Où va mon âme ?* Mais la perfection du genre pleurnicheur fut atteinte par Mlle Loysa Puget, qui créa ce qu'on peut appeler la romance des familles, et remplit d'un émoi vertueux les cœurs bourgeois. On sait la fortune de la romance intitulée : *A la grâce de Dieu !* Les titres seuls de ces romances ont au moins la valeur documentaire, sinon esthétique et philosophique, des légendes de Daumier ou de Gavarni, au bas de leurs caricatures. Ils attestent la vogue des niaiseries sentimentales qui égayaient Henri Monnier : *Julie et Volmar ou le Supplice de deux amants. — Le chien victime de*

---

1. Sur la Romance, cf. *Esquisse d'une histoire de la Romance depuis son origine jusqu'à nos jours,* par Scudo, dans son ouvrage intitulé : *Critique et littérature musicales...,* Paris, Amyot, 1850, in-8°. — Delaire : *Histoire de la Romance considérée comme œuvre littéraire et musicale.* Ce dernier auteur cite un grand nombre de romances de l'époque de la Restauration et de Louis-Philippe, et ajoute : « Les paroles de ces romances sont dues à la verve féconde de Mmes Desbordes-Valmore, Amable Tastu, et de MM. Barateau, Crevel de Charlemagne, Emile Deschamps, Gustave Lemoine. La coupe de huit, dix ou douze vers de six, huit ou dix syllabes, à rimes croisées est celle dont on se sert le plus fréquemment. Toutefois M. Castil-Blaze, et après lui M. Scribe, ont imité de l'italien une nouvelle coupe que l'on adopte volontiers, dans laquelle se succèdent trois rimes féminines pareilles, suivies d'un vers masculin, ce qui donne une césure plus commode pour le rythme musical. » — Consulter encore : *Garat,* 1762-1823, par Paul Lafond, Paris, C. Lévy (1900), in-8°, chap. xii. — *Vieilles romances ! vieilles lithographies !* par Georges de Dubor, article paru dans le *Monde moderne,* juillet 1903.

2. Pauline Duchambge, dont les romances furent célèbres sous la Restauration, est née en 1778, à la Martinique. Elle mourut à Paris en 1858. Amenée fort jeune à Paris, elle fut l'élève du pianiste Desormery. Ce n'est qu'après l'expérience d'un mariage malheureux, et le divorce, qu'elle s'adonna à la musique, sous la direction de Dusset. Amie intime de Mme Desbordes-Valmore, elle fut en relations avec ce que le Paris de cette époque comptait de musiciens et de poètes célèbres. C'est à partir de 1814 que des revers de fortune l'obligèrent à se consacrer à l'enseignement. Ses romances les plus célèbres datent des premières années de la Restauration : *Rêve de mousse, l'Ange gardien, la Brigantine, le Bouquet de Bal, le Pauvre fou.*

sa fidélité. — L'orphelin adopté par sa nourrice. — Lavergne, ou l'Héroïne de l'amour conjugal. — Loizerolles ou le Triomphe de l'amour fraternel.

Par bonheur, la veine larmoyante ne suffit plus, à partir de 1830, à alimenter la romance. Les échos du cor d'Hernani s'y font dès lors entendre ; on demandera à la frêle chanson de supporter le poids du pathétique de Shakespeare, du fantastique d'Hoffmann. Un reflet de la lumière des *Orientales* y luira parfois, ou bien il s'en exhalera le parfum d'exotisme, qui nous charme encore dans les *Contes d'Espagne et d'Italie*. Le compositeur Niedermeyer avait le premier capté, pour illuminer la romance, les rayons romantiques de la lune, qui blanchit la surface du *Lac* de Lamartine. Victor Hugo lui inspira quelques-unes de ses plus belles mélodies ; mais il s'adressera de préférence à Emile Deschamps. Quant à Musset, il est avec Th. Gautier, le poète préféré des musiciens : Abadie, Bonoldi, Vaucorbeil, Pauseron, Clapisson, et surtout Monpou [1], les interprèteront sans se lasser. La musique, que ce dernier adapta à l'*Andalouse* de Musset, eut un succès extraordinaire. La passion qu'il éprouvait pour le romantisme lui fit mettre en musique quelques pages des *Paroles d'un croyant*, de Lamennais, quelques scènes de Shakespeare, et c'est aux accords de ce musicien que frissonnèrent les amateurs de fantastique, quand ils écoutaient le *Fou de Tolède*, sa romance frénétique, dont ces vers sont restés fameux :

> Le vent qui vient à travers la montagne
> Me rendra fou, oui, me rendra fou [2].

Le fantastique et l'exotique, le romanesque moyenâgeux du genre troubadour et le frénétique à la mode de 1830, tels sont les éléments que l'on rencontre dans les romances du temps de Louis-Philippe ; on les retrouve naturellement dans les romances d'Emile Deschamps, mais avec un tour, qui n'appartient qu'à lui. En dépit de la couleur et du mouvement, que l'imagination romantique lui fit introduire dans les couplets de cette brève chanson d'amour, de guerre ou de mort, le poète mondain l'a toujours conçue d'après le modèle, qu'il avait admiré chez son premier maître : Paradis de Moncrif, le poète

---

1. Th. Gautier, *Histoire du Romantisme*, Paris, Charpentier, 1874, p. 254.
2. *Gastibelza, le Fou de Tolède, chanson d'Espagne, paroles de M. Victor Hugo, musique de Hipp. Monpou,.. — Paris, Meissonnier* (1841). In-fol. — Cette romance reproduit les passages saillants du poème XII des *Rayons et les Ombres*, intitulé : *Guitare*. Il est amusant de remarquer que Gastibelza semble n'être autre chose que l'anagramme de Castil-Blaze.

musqué de la cour de Louis XV. Il verra toujours et avant tout dans
la romance un petit poème, où l'anecdote sentimentale est relevée
d'une pointe d'héroïsme chevaleresque, où le ton de la galanterie
la plus raffinée s'allie à une presque constante affectation de naïveté
dans la peinture des mœurs, et parfois à la recherche de l'archaïsme
dans le détail du style.

Un certain nombre des romances de Deschamps, les plus anciennes
sans doute, sont composées d'après le système qu'il employa pour
refaire, dans la première période du Romantisme, les ballades de
Moncrif. On sait qu'il l'étudia de fort près, et, la plume à la main,
revoyait, comme il le dit lui-même, « le matériel du style et la versification [1] » de l'auteur des *Infortunes de la comtesse de Saulx* et des
Amours d'Alix et d'Alexis. C'est la grâce un peu mièvre et la naïveté
voulue du créateur du genre troubadour, qu'on retrouve dans la
romance intitulée *Madrigal* (musique d'Emile Wroblewski) :

> Jeune cœur sent qu'il existe
> Lorsqu'Amour le fait souffrir.
> Si d'amour notre âme est triste,
> N'aimer plus serait mourir.
>
> Lise ingrate autant que belle
> N'eut pitié que je l'aimais.
> Je brûlais pour la rebelle.
> Comme une âme en peine. Mais
>
> Jeune cœur sent qu'il existe
> . . . .
> . . . .
> Un jour Lise devint dame.
> Ce fut là bien pire émoi.
> J'ai d'orgueil dompté ma flamme
> Mais la nuit s'est faite en moi. Ah !
>
> Jeune cœur . . . .
> . . . .

Autres exemples du type archaïque, se rattachant à la tradition
de Moncrif, la romance intitulée : *S'il vous souvient du mal d'amour*,
musique de Niedermeyer. — *Loyse et Bérangère*, musique d'Antonin
Guillot, et cette autre, qui a pour titre : *Si j'étais un comte*, musique
de Niedermeyer :

---

1. *Etudes françaises et étrangères*, Paris, A. Levavasseur, U. Canel, 3e édit., 1829,
in-8º, p. 172.

> Que ne suis-je comte !
>
> . . . .
>
> Mais, hélas ! je ne suis qu'un ménestrel sans gloire
> Qui n'ai rien que des vers à jeter sur vos pas ;
> Et mon amour, plaintive histoire,
> Je n'en parlerai pas.
>
> . . . .
>
> Menestrel ou comte,
> Ne faut avoir honte,
> Chacun est servant d'amour
> A son tour.

Si les ballades de Moncrif, « rerimées » par Deschamps, suivant le
mot de Sainte-Beuve, ont un intérêt pour nous, c'est qu'elles permettent de saisir sur le vif, par l'étude de ces légères retouches, le
passage du goût troubadour au goût romantique qui s'opéra vers 1825.
Or, maintes romances d'Emile Deschamps ont le même intérêt. Il y
recherche, il est vrai, les traits simples et naïfs qui fixent dans l'esprit
l'anecdote romanesque, mais il accentue tant qu'il peut, il charge les
couleurs. S'il renonce le plus souvent à l'archaïsme de l'expression
qui fit l'une des originalités de Moncrif en pleine époque Louis XV, il
introduit à foison des mots empreints de pittoresque et de *localité* ; il
lui faut des paysages plus précisément évoqués, des costumes sin-
guliers, des mœurs qui étonnent. Voici, par exemple, *le Chasseur*
(musique de Wachs) :

> Je suis chasseur, dans la Navarre
>
> . . . .
>
> Dans les noces de la montagne
> Moi, j'apporte les meilleurs mets,
> Et des chansons comme l'Espagne,
> Depuis le Cid, n'en fit jamais.
>
> Je suis chasseur dans la Navarre,
> Vivant d'ail, de pain noir et d'eau ;
> Mais l'or qui dans ma poche est rare,
> Luit sur ma veste et mon manteau.

Ce chasseur est sorti des bandes d'Hernani sans aucun doute.

> Je ne sais pas qui fut mon père :
> J'ignore où je vais, d'où je sors,
> Je n'ai rien à moi, mais j'espère.
> L'espoir vaut seul tous les trésors.

« Ce qui nous distingue, disait Th. Gautier, songeant à lui et aux
poètes romantiques, c'est l'Exotisme [1]. » L'exotisme est en effet l'une

----

1. *Journal des Goncourt*, Paris, Charpentier, 1887, in-8°, 1863, tome II, p. 166.

des distinctions catacléristiques d'un grand nombre de romances de
Deschamps. Je n'entends point seulement par là qu'il subit ici, comme
dans ses œuvres plus spécialement poétiques, l'influence des étrangers. Nous verrons plus loin qu'il traduisit, pour l'édition française
des mélodies de Schubert, un certain nombre de poèmes allemands, et,
pour celle des mélodies de Meyerbeer, quelques *lieds* de Henri Heine,
des poèmes de Ruckert et de Michel Baer. Ce que j'entends d'abord
et avant tout par exotisme, c'est le besoin de se transporter par
l'imagination dans des contrées où les spectacles de la nature et les
souvenirs de l'histoire suscitent des impressions constamment pitto-
resques. Tout à l'heure, il évoquait la Navarre, voici maintenant
l'Espagne, dans le *Chevalier de Malte* (musique de Niedermeyer).
L'imagination de Deschamps se plait, nous le savons, en cette patrie
du *Romancero*, terre féconde en héros, en mystiques ! « Je suis, nous
dit son chevalier :

> Je suis d'un nom qu'en Espagne on exalte.
> . . . .
> Que fait le monde à qui n'a plus d'amour ?
> . . . .
> Cloîtres saints et guerriers, c'est à vous que j'aspire.
> . . . .
> Rochers hospitaliers, c'est en vous que j'espère.
> Avec la croix, j'ai besoin du glaive.

L'Angleterre, qui occupe tant de place dans ses œuvres proprement
poétiques. ne lui a pas inspiré de romances. Mais il doit au contraire
à l'Italie quelques unes de ses images les plus riantes, quelques-uns
de ses rythmes les plus pimpants. Sa *Nizza* (musique de Rossini),
semble une des jolies chansons d'amour d'Alfred de Musset :

> Nizza, je puis sans peine
> Dans les beautés de Gêne
> Trouver plus douce reine,
>   Mais
> Plus beaux yeux, jamais !

Sa *Beppa* a plus encore le pittoresque et la grâce qui conviennent à
ces folles chansons :

> Ainsi qu'une enfant vermeille,
> Dans sa riante corbeille,
> Naples s'endort et s'éveille,
> Nous chantant que tout est bien.

Dans ce paysage voluptueux, il soupire pour *Beppa* :

> Si, pour étourdir ma peine,
> A *San Carlo* je me traîne,

> Les jeux, l'éclat de la scène,
> O Beppa, je ne vois rien.
> Mais dans cette loge à frange,
> Vos bras dorés, vos traits d'ange,
> Les doux regards qu'on échange,
> Hélas ! je les vois trop bien !
>
> Pour vous rencontrer peut-être,
> Lorsqu'au saint lieu je pénètre,
> Les chants de l'orgue et du prêtre,
> O Beppa, je n'entends rien !
> Mais votre mante qui passe,
> Vos pleurs secrets sous la châsse,
> Votre prière à voix basse,
> Oh ! je les entends trop bien.

Dans la canzone intitulée *Nella*, s'ajoute le piquant d'une amoureuse anecdote :

> Qu'elle chante sous la brise,
> Qu'elle pleure dans l'église,
> C'est la perle de Venise.
> Blanche et fine... Voyez-la.

La déclaration du riche seigneur amoureux a tout le pittoresque et le galant du genre :

> Des madones d'Italie
> Quand on est la plus jolie,
> Pour les anges, c'est folie
> De garder ces trésors-là ;
> Vois mes bals, mes sérénades,
> Ma devise des croisades,
> Mes sequins et mes crusades,
> Mon palais et ma villa !...

Mais la réplique de la belle est romanesque à souhait :

> — Non, mon seigneur... j'aime un page
> Qui me jure mariage,
> S'il est pauvre, c'est dommage,
> Mais je l'aime, tout est là.

Emile Deschamps devait, comme son frère Antoni, offrir son tribut d'adoration à la patrie de Dante, et cet hommage poétique fut mis en musique par Pauline Duchambge. Le poème a pour titre : *Les Chanteurs italiens* ; nous n'en citerons que le refrain et une strophe caractéristique :

(Refrain)

C'est la Toscane et la Sicile
Où vivre est doux, vivre est facile,
Là, chants divins, amour docile
Soleil, gaîté.
Grâce et beauté !

I

Sœur d'Athène, antique Italie,
Tes madones
Ont les traits de Vénus !
Terre des fleurs et des oranges,
Terre des amours et des anges,
Des Dante et des Michel-Ange,
Où s'embrasa
Cimarosa.

L'Italie captiva, comme une jalouse maîtresse, Antoni Deschamps. Elle ne put retenir la fantaisie plus capricieuse de son frère. L'imagination d'Emile, comme celle de Gérard de Nerval, hantait les bords du Rhin. Elle céda souvent au charme de ses « lorelei ». L'Allemagne ne lui est pas seulement redevable du soin qu'il a pris de traduire en vers français deux grandes œuvres lyriques de Gœthe et de Schiller, il a popularisé en France les principaux représentants du lyrisme allemand, en publiant une des premières éditions françaises des *Lieder de Schubert*.

On trouve dans le recueil des *Poésies* d'Emile Deschamps, publié en 1841, à partir de la page 70, sous le titre général : *Les Lieder de Schubert*, les poèmes suivants : I. *Désir de voyager*. — II. *Le voyageur*. — III. *Le vieillard*. — IV. *La cloche des agonisants*. — V. *Eloge des larmes*. — VI. *Le chant de la caille*. — VII. *La Berceuse*. — VIII. *La plainte du pâtre*. — IX. *Les Pressentiments du guerrier*. — X. *La Rose* — XI. — *La Truite*. — XII. *Adieu*. — XIII. *La chansonnette du ruisseau*. — XIV. *La couleur favorite*. — XV. *L'Echo*. Au bas de la page 70, on peut lire cette note : *Les quinze morceaux qui suivent sont extraits d'une nouvelle édition complète des Lieder de Schubert, qui se publie, avec la musique, chez l'éditeur Maurice Schlesinger* [1].

1. La lettre suivante de Sainte-Beuve, quoique non datée *(Nouvelle Correspondance de C. A. Sainte-Beuve*, Paris, 1880, p. 378), prouve que Deschamps s'occupa des Lieder de Schubert au lendemain de *Stradella*, c'est-à-dire dès 1839.

« Jeudi (s. d.).

« Merci, cher Emile, du mélodieux livret [de *Stradella* sans doute] dont je dois entendre l'accompagnement dimanche. J'avais à vous remercier depuis longtemps de l'offre aimable que

Le travail de Deschamps dut être apprécié en Allemagne. D'un article allemand d'Adler-Mesnard, consacré à la *Collection des lieder de Schubert, traduction nouvelle par M. Émile Deschamps*, nous extrayons les passages suivants [1] :

« Quel est l'Allemand dont le cœur n'est pas remué au seul nom de Schubert ? N'est-ce pas comme si tout un monde de chants descendait vers nous... Tantôt il est gracieux, tantôt il est terrible ; tantôt taquin, tantôt sérieux, ici enjoué et là solennel. Chacun de ses chants est l'expression d'un sentiment qui le domine pour un instant tout entier, et qui ne peut s'apaiser en lui avant qu'il ne l'ait transformé en mélodie. Ces mélodies, le vrai *moi* de Schubert, nous les trouvons maintenant devant nous, sous un habit français, et il nous faut examiner ce qu'elles ont perdu ou gagné sous cette nouvelle forme. »

Le critique examine ensuite l'œuvre mélodique immense de Schubert, et approuve le traducteur français d'avoir fait un choix, d'avoir délibérément éliminé toutes les poésies imposées à Schubert par son ami, le médiocre poète Mayrhofer.

« Ces poésies ont été avec raison laissées de côté dans l'édition actuelle, et le choix a été fait en somme avec un soin si consciencieux que nous le préférons souvent de beaucoup à l'édition originale allemande. Tout ce qui était obscur et dur a été rendu d'une manière plus claire, plus plaisante, et conformément à l'esprit de la musique ; toute la beauté, toute la grandeur, toute la magnificence rayonne ici comme dans un miroir limpide, dans la perfection et la pureté originales.

« M. Émile Deschamps, le traducteur de ce recueil, était seul en état, par sa profonde connaissance de la musique et par sa versification adroite et harmonieuse, de remplir une tâche où jusqu'ici toutes les autres tentatives avaient échoué [2]. Ce n'est pas ici le lieu d'appré-

---

vous m'êtes venu faire un jour. J'avais demandé à Antony si vos paroles sur la musique de Schubert étaient imprimées et réunies. Je ne vous en ai pas écrit, parce que je me disais chaque jour : « J'irai demain », comme ce manant qui attend que la rivière passe, j'attendais que mon gros ruisseau fût passé : mais il revient chaque matin, et voilà comment je suis un vrai *manant*. Heureusement votre amicale indulgence tient compte et répare.

« Offrez à Mad. Émile mes plus humbles hommages et croyez à mon amitié.

« SAINTE-BEUVE. »

1. Cet article, que le poète avait découpé, et que nous avons retrouvé dans ses papiers, ne porte la mention ni de la date de sa publication, ni du périodique dans lequel il a paru. Nous donnons la traduction du texte allemand.

2. Cf. Grove, *Dictionary of music and musicians*, t. IV, p. 320 : « In Paris, where spirit, melody and romance are the certain criterions of succes, and where nothing dull or obscure is tolerated, they (Schubert's songs) were introduced by Nourrit and were so much liked as actually to find a transient place in the programmes of the Concerts of the Conservatoire, the strong hold of musical Toryism. The first

cier à leur valeur les difficultés d'un pareil travail ; rappelons seulement que M. Deschamps devait se soumettre à un mètre sévèrement
mesuré et pourtant ajuster chacune des paroles à chacune des notes.
Jusqu'ici assurément personne ne s'était donné tant de peine ! C'est
avec un véritable effroi, avec dégoût, que nous avons parfois entendu
les lieder de Schubert traduits en paroles, qui formaient avec la
musique le contraste le plus criant, sans doute parce que le traducteur
ne comprenait rien ou presque rien à la musique.

« M. Deschamps, le poète du nouveau texte de *Don Juan*, tel que
nous l'entendons maintenant au grand Opéra, le poète de *Stradella*,
et le collaborateur au texte des *Huguenots*, le traducteur des plus
belles poésies de Schiller et de Gœthe, et à qui ce dernier, par un
juste témoignage de reconnaissance, fit don de son buste, devait
nécessairement faire quelque chose de tout différent. En entrepre-
nant la traduction des lieder composés par Schubert, il faisait à l'art
un sacrifice, que sauront apprécier tous ceux, qui savent ce que
M. Deschamps peut accomplir, quand, avec son propre visage, il se
présente comme un des chefs de l'école romantique. Le public a
accueilli avec d'autant plus de reconnaissance un travail, qui répandra
de plus en plus et acclimatera en France les lieder de Schubert et qui
assure à l'art allemand un éclatant triomphe. »

Ce jugement date de l'apparition de la traduction d'Emile Deschamps. Les progrès de la critique ne l'ont pas infirmé. Un des derniers historiens de Schubert, après avoir loué, dans son étude sur
les *lieder* le zèle passionné que mit le grand chanteur Nourrit [1] à

French collection was published in 1834 by Richault, with translation by Be-
langer. It contained six songs. — *Die Post,* — *Ständchen,* — *Am Meer,* — *Der Fis-
cher und Mädchen,* — *Der Tod und das Mädchen* and *Schlummerlied.* — *The Erl King*
and others followed. A larger collection, with translation by Emil Deschamps was
issued by Brandus in 1838 or 1839. It is entitled *Collection des Lieder de Franz
Schubert,* and contains sixteen : *La jeune religieuse, Marguerite, le Roi des archers,
la Rose, la Sérénade, la Poste, Ave Maria, La Cloche des agonisants, la Jeune fille
et la mort, Rosemonde, les Plaintes de la jeune fille, Adieu, les Astres, la Jeune mère,
la Berceuse, Eloges des larmes.* Except that one — *Adieu,* is spurious, the selection
does great credit to Parisian taste. This led the way to the *Quarante mélodies de
Schubert* of Richault, Lanner, etc., a thin 8° volume to which many an English
amator is indebted for his first acquaintance with these treasures of life. By 1845
Richault has published as many as 150 with French words. »

Cf. d'autre part, *France musicale,* année 1838, 18 mars : *Mélodies de François
Schubert.* (Etude anonyme sur le génie du musicien, considération sur les *mélodies*
qui « ne tueront pas notre romance, parce que la romance française a aussi sa
valeur, mais surtout parce que les mélodies ne sont point des romances ; ce sont
des compositions d'une forme nouvelle... » Rien sur l'édition ni sur l'éditeur). —

1. A Lyon, notamment, Nourrit eut un succès extraordinaire. Il y vint chanter
des Lieder de Schubert, accompagnés par Liszt, dans la salle du grand théâtre,

populariser Schubert en France, signale, aussitôt après, l'initiative intelligente d'Emile Deschamps.

le 3 août 1837. Cf. *Le Courrier de Lyon*, 6 août 1837 : « C'était lui (Nourrit), ainsi que le précisait quelques semaines plus tard *Le Courrier* (19 oct.), qui « en n'acceptant de se faire entendre chaque fois qu'on l'engageait, soit dans un concert public, soit dans un salon, qu'à la condition de chanter exclusivement du Schubert » avait réussi à l'imposer. Il fit goûter « la simplicité originale de ces petites compositions si profondément empreintes de passion, de sensibilité et de poésie ». « Accompagné par Liszt, le *Roi des Aulnes*, notamment, secoua toute la salle d'une passion en quelque sorte magnétique. » Le *Courrier de Lyon* poursuit : « Pour bien comprendre tout ce qu'il y a de pathétique, de terrifiant et de fantastique dans le *Roi des Aulnes*, il faut entendre exécuter par Liszt et Adolphe Nourrit cette célèbre ballade de Gœthe et de Schubert. Quel autre que Nourrit parviendrait à faire entendre d'une manière si nette et si distincte les trois voix si différentes du père, de l'enfant et du roi des Gnomes ?... Quel autre que Nourrit exciterait ces sentiments de pitié et de terreur, qui avaient si profondément ému l'auditoire ?... Mais aussi quel autre que Liszt pourrait ainsi suivre le chanteur dans toutes les nuances de son chant, et donner à son jeu cette énergie et cette puissance, qui doublent l'effroi qu'éprouve l'auditeur en entendant les cris du pauvre enfant ? Ces gammes si nombreuses et si rapides, dont le roulement, semblable à celui du tonnerre, donnent le frisson de la peur, quel autre que Liszt, pour en grandir le retentissement, oserait les exécuter en octaves ? » Voir encore sur ce point : *Le Centenaire de Liszt*, par Antoine Sallès, Paris, Froment, 1911, in-8°.

Deschamps, comme bien on pense, était aussi en relations avec Liszt, qui, au cours de ses voyages en Europe, lui écrivait. Dans la lettre suivante, il recommande un musicien au plus mondain des parisiens du règne de Louis-Philippe :

« Mon cher Emile. Un cor enchanté et enchanteur comme celui d'*Obéron* vous portera ce petit message. Il se serait bien essoufflé, s'il vous avait transmis au fur et à mesure toutes les choses aimables, toutes les paroles élogieuses, tous les bons ressouvenirs qui vous reviennent de droit, et qui *reviennent* sans cesse dans nos causeries et nos courses alpestres !

« M. Leroy (puisqu'il faut l'appeler par son nom) ne manquera pas sans doute de recevoir à Paris le même accueil que partout ailleurs : c'est un artiste fort distingué, auquel le séjour de la *gran ville* pourra certainement profiter encore comme à nous tous, Germains barbares qui avons tant besoin de nous éduquer auprès de vous, Messieurs les dispensateurs de la renommée. Mais tel que le voilà, chromatique et prodigieux, expressif et *fravouristique*, c'est une bien bonne fortune pour vos salons. Veuillez bien lui en faire les honneurs et le produire chez Madame Boscary, chez vous, et partout où vous le jugerez convenable.

« Je ne sais si vous êtes curieux des nouvelles de Genève. Tout ce que je puis vous en dire, c'est qu'on y fait de mauvaise musique, de la méchante prose et de plus mauvais, de plus méchants vers encore. Heureusement que nous sommes à peu près au courant de ce qui se passe à Paris et que nous recevons force livres, musique et lettres.

« J'ose à peine vous demander de m'écrire ; vous avez *tant* à me donner et je ne pourrai vous *rendre* que si peu, cela devient horriblement indiscret ! Toutefois ce serait une grande charité de votre part ; peut-être aussi n'en suis-je pas entièrement indigne par l'affection que je vous porte ? Si donc, par hasard, dans l'intervalle de deux concerts et de trois bals, vous trouviez cinq minutes, crayonnez-moi quelques lignes et adressez-les poste restante à :

à Genève — jusqu'au mois de mai 1836.
à Naples — jusqu'à la fin de décembre,
à Rome — pendant le Carême 1837,
à Vienne — en 1838.

et ultérieurement à M. F. Liszt, en Europe.

« Adieu, cher Emile, laissez-moi encore croire que tous les absents n'ont pas absolument tort auprès de vous, et croyez aussi à mon amitié et à mon dévouement sincères.

« F. LISZT.

« Veuillez bien présenter mes hommages respectueux à Mme Deschamps. »

« Il va sans dire, écrit l'auteur de *Schubert,* M. H. de Curzon, il va
sans dire que les premiers *lieder* traduits furent en très petit nombre,
et ce sont à peu près ceux qui ont gardé le plus de célébrité parmi
nous. Emile Deschamps et Ed. Bellangé s'appliquèrent les premiers
à les traduire en français, et leurs versions sont encore les meil-
leures. »

Quel spirituel moyen avait trouvé notre poète pour dévoiler la
pauvreté lyrique des romances de Masini, de Romagnesi, de Panseron,
de Pauline Duchambge ! Il offrait au public étonné et ravi un ensemble choisi de quinze mélodies exquises. Ce fut une espèce de
révélation. D'abord Schubert, comme le dit si bien Schumann lui-
même [1], avait mis en musique la littérature allemande, et Deschamps,
en traduisant ces quelques *lieder* continuait la tâche qu'il s'était
proposé dès le début de la période romantique, et principalement
dans ses *Etudes,* de faire connaître à la France le lyrisme germanique,
mais il avait pris pour guide le plus lyrique, si l'on peut dire, des
musiciens d'outre-Rhin. C'est encore Schumann qui l'a dit : « Schubert a des sons pour les plus subtils sentiments, idées, événements
même et états de la vie. Autant de formes variées revêtent les pensées
et les actions de l'homme, autant à son tour la musique de Schubert. »

Cette poésie si fraîche et si pittoresque brille dans la *Truite* ou le
Chant de la caille ; sa naïveté sourit dans l'*Echo* ou la *Couleur favorite.*
Elle trouve de pénétrants accents pour évoquer la *Cloche des agonisants* ou célébrer l'*Eloge des Larmes.* Hélas ! la traduction française
de ces chants laisse trop souvent échapper leur charme, à vrai dire,
inexprimable en une autre langue. Nous ne citerons que l'*Eloge des
Larmes,* où Deschamps, quoique bien loin de son modèle, lui peut être
comparé sans un trop grand désavantage :

> Quelle grâce, quel mystère
> Qu'une larme dans les yeux !
> C'est un baume salutaire
> Qui pour nous descend des cieux.
> Sous les pleurs, l'âme brisée
> Se relève, par degrés,
> Comme on voit sous la rosée
> Reverdir l'herbe des prés !
>
> De nos peines si les larmes
> Amollissent les rigueurs,

---

1. Cité par Henri de Curzon dans son étude sur les *Lieder de Franz Schubert,*
Paris, Fischbacher, 1899, p. 19.

> Elles donnent plus de charmes
> Aux plaisirs des jeunes cœurs.
> D'une main folle et profane
> Les plaisirs jettent des fleurs,
> Dont l'éclat brille et se fane
> S'il n'est point baigné de pleurs.
>
> Loin des routes infidèles
> Quand deux cœurs se sont élus,
> Les paroles, que sont-elles ?
> Une larme en dira plus,
> L'amour tremble... et, vainqueur même,
> Est à peine rassuré...
> On apprend combien l'on s'aime,
> Lorsqu'ensemble on a pleuré.

Les vers d'Émile Deschamps donnent une idée, au moins assez exacte, du beau lied allemand. Il a la grâce, un tour élégant et concis, qui fait illusion, quand il traduit une pure élégie ; mais son imagination manque de force et de couleur pour rendre seulement à peu près l'effet que produit dans le texte original une ballade fantastique comme le *Roi des Aulnes* :

> Qui donc passe à cheval dans la nuit et le vent ?
> C'est le père avec son enfant.
> De son bras crispé de tendresse,
> Contre sa poitrine il le presse,
> Et de la bise il le défend.
>
> — Mon fils, d'où vient qu'en mon sein tu frissonnes ?
> — Mon père... là... vois-tu le roi des aulnes,
> Couronne au front, en long manteau ?...
> — Mon fils, c'est un brouillard sur l'eau.
>
> « Viens, cher enfant, suis-moi dans l'ombre :
> « Je t'apprendrai des jeux sans nombre ;
> « J'ai de magiques fleurs et des perles encor,
> « Ma mère a de beaux habits d'or. »
>
> — N'entends-tu point, mon père (oh ! que tu te dépêches !)
> Ce que le roi murmure et me promet tout bas ?
> — Endors-toi, mon cher fils, et ne t'agite pas :
> C'est le vent qui bruit parmi les feuilles sèches.
>
> « Veux-tu venir, mon bel enfant ? Oh ! ne crains rien !
> « Mes filles, tu verras, te soigneront si bien !
> « La nuit, mes filles blondes
> « Mènent les molles rondes...
> « Elles te berceront,
> « Danseront, chanteront. »

>   — Mon père, dans les brumes grises
>   Vois ces filles en cercle assises !
> — Mon fils, mon fils, j'aperçois seulement
>   Les saules gris au bord des flots dormant.
>
> « Je t'aime, toi ; je suis attiré par ta grâce ?
> « Viens donc, viens ! Un refus pourrait t'être fatal ! »
> — Ah ! mon père ! mon père ! il me prend... il m'embrasse...
>   Le Roi des aulnes m'a fait mal !
>
> Et le père frémit et galope plus fort ;
>   Il serre entre ses bras son enfant qui sanglote...
>   Il touche à sa maison : son manteau s'ouvre et flotte...
>   Dans ses bras l'enfant était mort.

Le fantastique était si fort à la mode autour de 1840, que Deschamps lui-même, l'aimable homme de salon, le galant poète, en fut tout à fait entêté. Non content de traduire les ballades fantastiques allemandes que Schubert avait mises en musique, il composait des chansons lugubres, des romances frénétiques dont Ferdinand Hiller [1]

1. Fernand Hiller, « un des jeunes compositeurs les plus célèbres de l'Allemagne » comme l'appelle Deschamps dans ses *Lettres sur la musique*, est né à Francfort le 24 oct. 1811. Il mourut à Cologne le 10 mai 1885. Elève de Hummel, il l'accompagna à Vienne en 1827. Il y vit Beethoven et y publia sa première œuvre, un quatuor pour piano. Venu à Paris en 1826, il y resta jusqu'en 1836. C'est à cette époque qu'il connut Deschamps et tous les artistes alors en renom : Cherubini, Meyerbeer, Rossini, Berlioz, Chopin, Liszt. Après divers séjours en Italie et en Allemagne, il revint à Paris en 1853 pour diriger l'Opéra italien. On lui doit quelques opéras, des oratorios, des cantates, des symphonies, des hymnes, des chœurs, des lieder. Son œuvre, d'une grande variété, est d'une correction classique. Il fit la critique musicale dans la *Gazette de Cologne*, quand il vint demeurer dans cette ville, et s'y montra l'adversaire irréductible de Wagner et de la musique nouvelle.
Chef d'orchestre et pianiste remarquable, il se faisait applaudir des dilettantes de 1830 au Conservatoire et « dans les grands salons d'Erard ». — « Des quatuors et trios d'instruments, des airs de *lieds* pour la voix, des études et fantaisies de piano, des chœurs allemands, M. Ferdinand Hiller a fait passer devant nous, écrit encore Deschamps en 1835, un choix brillant de toutes ses musiques. Déjà nous avions entendu, l'année dernière, une de ses belles symphonies au Conservatoire : nous connaissons maintenant quelque chose de tous les secrets de ce jeune et déjà célèbre compositeur, et nous désirons vivement connaître le reste. On est frappé de la gracieuse et expressive naïveté de ses *lied*, à côté du style énergique et de l'étonnante instrumentation de ses quatuor. Ses chœurs à la mélodie si large, et aux modulations si heureusement nuancées, forment un contracte puissant avec ses fantaisies au piano, si capricieuses et si habilement variées... » Deschamps loue encore « un duo au piano, que l'auteur et M. Chopin, ce talent magique, ont exécuté avec une délicatesse et une verve prodigieuses. » (Cf. *Œuvres complètes*, Prose, 2e partie, p. 32.)
Quand Ferd. Hiller était en Allemagne, il écrivait comme Liszt, comme tant d'autres, à Emile Deschamps, pour lui recommander les intérêts, la renommée des jeunes étudiants allemands qui venaient éprouver leur mérite à Paris. La lettre

et Niedermeyer s'inspiraient. Voici par exemple, *la Nuit de Jeanne*, qui peut passer pour un modèle du genre :

> Minuit frappait à la grande pendule,
> Et la grand'mère avait les yeux fermés.

Jeanne veille. Elle aime, elle rêve à la clarté des étoiles :

suivante, adressée par le musicien à notre poète, est une des témoignages innombrables que nous avons recueillis sur le rôle d'intermédiaire qu'a joué E. D. entre la France et l'Allemagne ; il s'agissait cette fois-ci d'un jeune homme qui devait devenir un des plus grands hellénistes de l'Europe et même, après 1870, un de nos compatriotes et un de nos maîtres à Paris, Henri Weil. Cf. *Institut de France, Académie des inscriptions et belles-lettres, Notice sur la vie et les travaux de Henri Weil, par M. Georges Perrot,...* — Paris, F. Didot, 1910. In-4°.

« Milan, le 4 nov. 1838.

« Mon cher Monsieur,

« Voilà bien longtemps que nous ne nous sommes écrits...

(Il s'excuse et recommande au poète) :

« M. Weil, de Franckfort, tout jeune docteur en philologie, fruit à peine mûri sur un des meilleurs arbres de nos universités germaniques. C'est surtout mon amitié pour M. Weil, qui me porte à l'adresser à vous et à lui procurer de cette manière une des connaissances les plus aimables et les plus spirituelles qu'il soit possible de faire dans la société littéraire si nombreuse et si distinguée de votre bienheureux Paris.

« Cependant je crois pouvoir vous promettre que la raison et l'intelligence de mon jeune ami vous récompenseront de la bonté que vous aurez pour lui, quoique je sache bien et par expérience que votre bonté se suffit à elle-même, et qu'elle ne cherche que des occasions pour s'exercer.

« Si vous vouliez introduire M. Weil dans les cercles de l'un ou de l'autre de vos illustres confrères, vous n'obligeriez pas seulement lui-même. Quand vous voudrez quelques détails sur la vie et le mouvement scientifique et littéraire de ma savante patrie, M. Weil pourra vous les donner, car il les connaît à fond.

« Voilà un peu plus d'un an que je suis arrivé dans le beau royaume de Lombardie et je pense que vous ne me reprocherez pas de l'avoir mal employé, quand je vous dirai que l'on donnera un opéra de ma composition ce carnaval-ci au théâtre de la Scala. Je ne néglige pas mon piano, pour lequel j'écris quelque chose de temps en temps, enfin je suis passablement en train et je n'ai qu'à désirer que le succès couronne mes efforts. »

C'est pour répondre à cette lettre que Deschamps écrivit le compliment qu'on trouve dans son recueil de vers de 1841, et dont nous extrayons cette strophe :

> Parti, comme Mozart, de la terre allemande,
> Comme lui voyageur aux cieux italiens,
> Vous allez, à l'appel du dieu qui vous commande,
> Y dorer pour les cœurs de sonores liens.
> Mais la France vous aime, elle vous redemande ;
> Et Paris, — ce que n'eut jamais Mozart vivant —
> Couronnera votre art idéal et savant.

Nous citerons encore la strophe suivante, parce qu'elle exprime heureusement le rôle européen que joua Paris au xixᵉ siècle :

> Paris est le champ clos des talents. — La victoire
> N'est belle nulle part comme chez nos Français ;
> Leur silence est l'oubli, leur suffrage est la gloire ;
> Londres n'a que de l'or, Paris a le succès.
> L'opinion attend qu'il ait jugé pour croire,
> Et dans cette autre Athène un nom proclamé roi
> Peut aller par le monde et dire à tous : C'est moi ! (a)

(a) *Poésies d'Émile Deschamps*, édit. 1841, p. 190.

> Les chants d'un cor ont percé la nuit sombre
> Un doux frisson court dans vos sens charmés,
> Mais quoi ? là-bas les chiens hurlent dans l'ombre.
> Jeanne, vient-il, celui que vous aimez ?
> Et puis soudain s'arrête la pendule,
> Les deux flambeaux s'éteignent consumés...
> Tout est présage au cœur tendre et crédule.
> Jeanne, est-il mort, celui que vous aimez ?

Tel est le thème de la poésie mise en musique par Ferdinand Hiller. Mais la romance qui attira le plus d'applaudissements et de critiques aussi au poète et à Niedermeyer, le compositeur, fut cette fameuse *Noce de Léonore*, dont la *Revue musicale* rendit compte, le 17 février 1839.

Le poète et le compositeur y sont finement appréciés à leur juste valeur, et l'on déclare qu'ils se distinguent l'un et l'autre plus par le style que par l'imagination. Ils ont cependant voulu faire une ballade fantastique, et l'on ne prétend pas qu'ils n'aient point réussi : « Les paroles de M. Emile Deschamps prêtent on ne peut mieux, il faut en convenir, au genre fantastique. C'est tout le personnel de l'Enfer, se livrant à la joie, à la musique, à la danse, pour célébrer la Noce de cette pauvre Léonor qui s'est donnée au diable par excès d'amour [1]... Ces cris, ces sifflements de l'Enfer, ces grincements de dents, ces rires de démons, ces chaînes lourdement traînées, ce bruit rauque de *cymbales* et de *clairons de fer*, comme le disent les paroles si dramatiques de M. Emile Deschamps, tout cela vous berce, vous frappe, vous étourdit, vous enivre d'un cauchemar qui est comme un souvenir de la bacchanale des *Danaïdes* de Spontini, de l'évocation du *Freischutz* et de la danse érotique des nonnes dans *Robert le Diable*. »

Une autre composition inspirée par Deschamps à Niedermeyer s'appelle : *Une scène des Apennins*, et parut dans le même recueil que la *Noce de Léonor*. La *Revue musicale* en rend également compte. Elle la juge « fort dramatique ». — « C'est encore de la musique scénique, ajoute-t-on. On voit que M. Niedermeyer possède on ne peut mieux

---

1. Dans cette romance volcanique, où l'amant trompé, Mendoce, vient chercher sa fiancée infidèle, Léonor, la nuit de ses noces, on retrouve à la fois un écho du galop du *Roi des Aulnes* et l'influence de *Robert le Diable* :

> Allons, flambez, torches fatales,
> Bruyants démons, peuplez les salles !
> Grincez, frappez, aigres cymbales !
> Mugissez tous, clairons de fer !
> Sombre galop, ruez-vous dans la fête ;
> Plus fort, plus fort !... Et comme la tempête !
> Il est minuit ; sans qu'on s'arrête,
> Jusqu'au matin, le bal d'Enfer.

l'art de peindre avec des sons le mouvement matériel de la vie réelle
et les passions qui agitent l'âme. »

Ces passions sont à leur paroxysme dans la romance du type volcanique que Deschamps avait écrite : l'amant y fait d'abord figure
de Roméo :

> Sous un balcon de Vérone
>
> . . . .
>
> Un soir toute blanche, aux Carmes,
> J'aperçus Teresia :
> Elle versa bien... trois larmes,
> Puis elle se maria.
> Voilà donc ce qu'on y gagne,
> Dis-je alors en me cachant !
> Je m'enfuis dans la montagne
> Et je devins très méchant.

Le Roméo déçu devint en effet un brigand redoutable. Il détrousse
les voyageurs « au bas de l'Apennin ». Or, un beau jour, vous devinez
qui tombe dans l'embuscade : Teresia elle-même avec sa suite. L'infidèle meurt frappée d'une balle et l'amant devient fou. C'est du
romantisme exaspéré.

Ainsi la fantaisie d'Emile Deschamps se prêtait à tous les caprices
de la mode. Il passait de Moncrif à Hoffmann, comme de Rossini
à Berlioz, goûtait un vif plaisir à se dépayser ainsi sans cesse. Toujours
reconnaissable sous les costumes les plus divers, ce gentil Polyphile,
moins grand que son maître, mais aimant comme lui toutes choses,
a fait, — un peu, — de la romance, et dans la mesure de son talent, ce
que La Fontaine avait fait de la fable, un genre capable d'exprimer les
nuances les plus différentes de la sensibilité et de l'imagination. Le
volcanisme frénétique lui avait inspiré la *Noce de Léonor* et une *Scène
des Apennins*, et cependant il n'en est pas moins l'auteur de la pure
romance troubadour intitulée : *Que ne suis-je un Comte !* et de ce
délicieux poème de l'*Etrangère*, pour lequel Niedermeyer a écrit une
de ses plus gracieuses compositions. « Cette jolie pensée mélodique,
lisons-nous dans la *Revue musicale*, semble une perle enlevée de cet
écrin de diamants ayant titre : Le *Comte Ory*, l'un des plus beaux
fleurons de la couronne de Rossini. Il vous souvient sans doute de
ce trio du 2ᵉ acte tout empreint de volupté : *A la faveur de cette nuit
obscure*, etc... La romance de l'*Etrangère* offre la même couleur
d'amour et de mystère : c'est le même dessin par triolets, la basse
procédant avec la même élégance et la même régularité [1]. »

---

1. *Revue musicale*, 17 février 1839.

Nous citerons, pour terminer cette étude, la romance de Deschamps
qui avait inspiré à Niedermeyer un de ses purs chefs-d'œuvre. Ce
fut une des rares rencontres dans lesquelles la poésie s'est unie à la
musique, sans renoncer à plaire par elle-même. Les vers que voici
ont bien leur charme :

L'ETRANGÈRE

Oh ! j'ai rêvé d'une étrangère,
Plus douce qu'un enfant qui dort,
Puis soudain, rieuse et légère,
Comme la fée aux cheveux d'or.
C'était parmi les filles d'Eve,
Une blonde sœur d'Ariel,
Qui venait nous parler du ciel...

Je vous vois, ce n'est plus un rêve !

Oh ! j'ai rêvé que ce bel ange
Passait, chantant dans nos chemins ;
Et moi, saisi d'un charme étrange,
De loin, je lui tendais les mains ;
Et, comme le flot qui s'élève,
Je sentais mon cœur se gonfler,
Et ma vie en pleurs s'en aller...

Regardez ! ce n'est plus un rêve !

Oh ! j'ai rêvé, car dans ce monde
J'ai tant de bonheur en rêvant,
Que, voyant ma peine profonde,
Vint à moi, la divine enfant.
Et qu'alors — faut-il que j'achève ?
Tremblante, elle me dit tout bas :
« Meurs-tu d'amour ? Oh ! ne meurs pas ! »

Las ! hélas ! ce n'était qu'un rêve !

X

BIBLIOGRAPHIE DES COMPOSITIONS MUSICALES AUXQUELLES ÉMILE DESCHAMPS A COLLABORÉ

1. ALARY (Giulio). — *La Rédemption*, mystère en cinq parties, avec prologue et épilogue par M. E. Deschamps, en collaboration avec M. Emilien Pacini, musique de Giulio Alary, exécuté pour la première fois au Théâtre italien, en 1850.

2. BALLEGUIER (Delphin). — *Les Chansons de troubadours, la nuit de Jeanne*, ballade dramatique, poésie d'Emile Deschamps, musique de Delphin Balleguier.

3. BAZIN (François). — *Loyse de Montfort*, scènes lyriques couronnées à l'Institut, le 3 oct. 1840, et représentées à l'Académie royale de musique, le 7 du même mois. Paroles de MM. Emile Deschamps et Emilien Pacini, musique de François Bazin.

4. BEAUPLAN (Amédée de). — *Le Mari au bal*, opéra-comique en un acte, musique de M. de Beauplan, représenté à l'Opéra-Comique en 1845. — *Paris, M. Lévy*, 1845. Gr. in-8º.

5. BELLINI. — *Dernier rêve*, de Bellini, paroles d'Emile Deschamps. — *Paris, Leduc*. In-fol.

6. BERLIOZ. — *Roméo et Juliette*, symphonie dramatique avec chœurs et solos de chant, dédiée à Paganini, et composée d'après la tragédie de Shakespeare, par Hector Berlioz. Paroles de M. Emile Deschamps.

7. BESSEMS (A.). — *La Sérénade*, nocturne à deux voix, paroles d'Émile Deschamps, musique de A. Bessems. — *(S. l. n. d.)*.

8. BONOLDI (Fr.). — Album de Fr. Bonoldi. — (S. l.), 1850. In-fol. *Comme vous !*, romance d'Emile Deschamps.

9. CALONNE (Vte I. C. L. de). — *Chœur pour une distribution de prix*, paroles de M. Emile Deschamps, musique du Vte I.-C.-L. de Calonne. — *Paris, Régnier-Canaux*. In-fol.

10. CAPECELATRO (V.). — *Echo de Sorrente*. Album 1840. Huit romances françaises et italiennes, composées par V. Capecelatro. *J'ai tant souffert*, paroles d'Emile Deschamps.

11. **CARAFFA.** — (Manuscrit) : *Notre-Dame-du-Mont-Carmel*, cantate avec chœur, paroles de M. Emile Deschamps, sur la musique de M. Caraffa.

12. **CLAPISSON.** — Album de Clapisson, 1846. — *Paris, M*^me *Cendrier. In-fol.*

 Aujourd'hui, paroles d'Emile Deschamps (sur un rythme de valse).

13. — *Le coffret de Saint-Domingue*, opérette. 1855. Paroles d'E. Deschamps.

14. **DASSIER** (Alfred). — *Les Écoliers*, paroles d'Émile Deschamps, musique de Alfred Dassier. — *Paris, Brandus*, 1876. In-fol.

15. **DELDEVEZ.** — *Six morceaux de chant avec accompagnement de piano*, composés par Ernest Deldevez. — *Paris, V*^re *Lannes.*

16. **DELSARTE** (Mme). — *Ce que j'aime, ce que j'adore*, paroles de M. Émile Deschamps, musique de Mme Delsarte. — *Paris, J. Delahante*, 1846. In-fol.

17. **DONIZETTI.** — *Matinées musicales : recueils de six mélodies, deux duettis et deux petits quatuors*, dédiés à S. M. la Reine d'Angleterre et à S. A. R. le prince Albert, par G. Donizetti, paroles d'Emile Deschamps et Aug. Richomme. — *Paris, J. Meissonnier*. 1842.

 Longue douleur. E. D.

 Le Gondolier, barcarole. E. D.

 Les billets doux, romance. E. D.

 L'Adieu, duettino. E. D.

 Querelle d'amour, scherzo à 2 voix. E. D.

18. **DUCA** (Giovanni). — *Ce que j'aime, ce que j'adore*, paroles d'Émile Deschamps, musique de Giovanni Duca, auteur de l'*Ame de la Pologne*. — *Paris, G. Flaxland*, 1865. In-fol.

 Les Chanteurs italiens, à Mme la comtesse Potocka, paroles d'Émile Deschamps, musique de Giovanni Duca... — *Paris, G. Flaxland*, 1865. In-fol.

19. **DUCHAMBGE** (Mme Pauline). — *Album musical pour l'année* 1841. — *Paris, Challamel et C*^ie. — Poésies de Mme Desbordes-Valmore et de MM. Emile Deschamps, Auguste Barbier, de Foudras, Brizeux, de Lonlay, et Ernest Legouvé.

 Votre fête, plaintes d'un absent, paroles d'Emile Deschamps.

20. — A Mme Allard. *Les Chanteurs italiens*, paroles d'Emile Deschamps, musique de Mme Pauline Duchambge. — *Paris. Meissonnier et Heugel.*

21. — *Kitty Bell et Chatterton*, ballade. paroles d'Emile Deschamps, musique de Pauline Duchambge. — *Paris Boieldieu.*

22. — *Ronde des Ecoliers.* paroles de M. Emile Deschamps, musique de Mme Pauline Duchambge.

> (Dans l'*Ecolier nouveau*, journal des enfants, sous la direction de Mme J.-J. Fouqueau de Passy, directrice du *Journal des Demoiselles.*)

23. — *Romances et chansonnettes* de Mme Pauline Duchambge. — *Paris, Ch. Boieldieu.*

Les Ecoliers, paroles d'E. D.

24. — *Chanson de l'atelier*, paroles d'Emile Deschamps, musique de Mme P. Duchambge.

25. *La Vierge et l'enfant*, romance... paroles de M. Émile Deschamps, musique de Mme Pauline Duchambge. — *Paris, les Compositeurs réunis* 1846. In-fol.

26. Dulcken (Félix-Ferd.). — *L'Avenir*, varsovienne, paroles d'E. Deschamps, musique de Ferd. Dulcken. — Extrait et adapté des dix-huit hymnes et chants nationaux polonais. 1797-1867, par Christian Ostrowski. — *Paris, chez tous les éditeurs de musique.* 1867.

27. Dupont (Achille). — *La Nuit de Jeanne*, poésie de Émile Deschamps, musique de Achille Dupont. — *Paris, E. Gallet,* 1901. In-fol.

28. Frelon (L.-F.-H.). — *Chants pour l'enfance* (publiés par la *Revue de l'éducation nouvelle*, journal des mères et des enfants). — *Paris* (s. d.).

Il était une bergère, ronde enfantine, paroles de M. Emile Deschamps, air connu arrangé par M. L.-F.-H. Frelon.

29. Garcia de Bériot (Maria-Félicité). — *Dernières pensées musicales de Marie-Félicité Garcia de Bériot. — Paris, E. Troupenas.* 1840.

Le Message, paroles d'E. Deschamps.

Adieu à Laure, paroles de Métastase, trad. par E. Deschamps.

Le Moribond, paroles de Benelli, trad. par E. Deschamps.

30. Gavarni (Mme). — *Sérénade espagnole*, paroles de M. Émile Deschamps, musique de Mme Gavarni. — *Paris, impr. de Magnier* (s. d.). In-fol.

31. Ginestet (Prosper de). — *La Sérénade*, paroles d'Emile Deschamps, musique de Prosper de Ginestet. — *Paris, Pacini.*

32. Glaeser (Franz). — *Près du goufre-aux-pierres*, paroles imitées

de l'allemand, par Émile Deschamps, musique de Franz Glaeser. — *Paris, M. Schlesinger, 1846.* In-fol.

33. Gordigiani (L.). — La France musicale, 71, rue de Choiseul. Soirées de Paris, *Dix mélodies*, paroles d'Emile Deschamps, musique de L. Gordigiani. — *Paris, L. Escudier.*

Fleurs et baisers. — Quand. — Ma sœur. — Néere. — La Lontananza. — Rococco, ballade. — *Mariage et repentir*, ballade slave. — *En bateau*, sérénade. — *Triste pleur.* — *Le jaloux*, chant populaire.

34. Guillot (Antonin). — *Album de Antonin Guillot* (de Sambris), paroles de MM. Emile Deschamps, Alex. Cosnard et Louis d'Artois de Bournonville. — *Paris, Simon-Richault.* 1850.

Les Mandolines, paroles d'E. D.

Pleurs et Fleurs, rêverie, par E. D.

35. — *Mélodies.* Antonin Guillot de Sambris. — *Paris, Choudens.*

Loyse et Berengère, poésie d'Emile Deschamps, nocturne à 2 voix.

36. Halévy (F.). — *Cantate*, musique de Halévy, exécutée à la séance de la distribution des prix de la Société des Gens de Lettres. 1856.

37. Hiller (Ferdinand). — A son ami Adolphe Nourrit. *La Nuit de Jeanne*, ballade, parole de M. Emile Deschamps, musique de Ferdinand Hiller. — *Paris, Pacini.*

38. Hocmelle. — *Florine*, romance, paroles d'Emile Deschamps, musique d'Ed. Hocmelle.

39. La Moskowa. — Publications de la France musicale. *Absence*, poésie de M. Emile Deschamps, romance dédiée à la comtesse Murat, musique de M. le prince de La Moskowa.

40. L'Épine (Ernest). — *C'est ma mère*, paroles de M. Émile Deschamps, musique de Ernest L'Épine. — *Paris, J. Meissonnier et fils*, 1846. In-fol.

41. Lhuillier (Edmond). — *La Sérénade nocturne*, paroles de M. Émile Deschamps, musique par Edmond Lhuillier. — *Paris, Ph. Petit*, 1846. In-fol.

42. Manry (Ch.). — *La Nuit d'hiver*, ballade, paroles de Émile Deschamps, musique de Ch. Manry. — *Paris, Bernard-Latte*, 1850. In-fol.

43. Mareschal (Hip.). — *Auprès de toi*, paroles de M. Émile Deschamps, musique de Hip. Mareschal. — *Verdun, Laurent*, 1843. In-fol.

(*Le Mélodiste*, journal de romances).

44. MAUREL (Aimé). — *Ce que j'aime, ce que j'adore.* chant filial,
    paroles de Émile Deschamps, musique de Aimé Maurel. —
    Paris, Benoît aîné, 1888. In-fol.

   Comme vous, romance, paroles de Émile Deschamps, musique
   de Aimé Maurel. — *Hyères (Var), chez l'auteur, 1892.* In-fol.

   J'ai tant souffert, mélodie, paroles de Émile Deschamps,
   musique de Aimé Maurel. — *Paris, Benoît aîné, 1888.*
   In-fol.

45. MÉHUL. — *Ternaire,* musique posthume de Méhul, paroles de
    M. Emile Deschamps, n° 1. *Adieu du pèlerin,* romance ;
    n° 2. *Retour au foyer ;* n° 3. *Le Vieux pâtre.* — *Paris, Bonoldi,*
    1907. In-fol.

46. MEYERBEER. — *Les Huguenots,* opéra en cinq actes, paroles de
    M. Eugène Scribe, musique de M. Giacomo Meyerbeer...
    Représenté pour la première fois sur le Théâtre de l'Académie
    royale de musique, le 29 février 1836. — *Paris, Maurice*
    Schlesinger, 1836. In-4°.

   (Sur l'exemplaire conservé à la Bibliothèque de Versailles, on lit
   cette suscription de la main de Deschamps : « En collaboration
   avec M. Emile Deschamps. »)

47. — A Madame P. Millaud. *Adieu aux jeunes mariés,* sérénade pour
    2 chœurs à 8 voix (4 hommes, 4 femmes), paroles françaises
    d'Emile Deschamps, musique de Meyerbeer. — *Paris, Brandus-*
    Dufour.

48. — *Album de chant de la Gazette musicale* de 1848. — *Paris,*
    *Brandus et C*ie.

   Printemps caché, musique de Meyerbeer, trad. fr. d'Emile Deschamps.

49. — *L'Amitié,* quatuor, paroles d'Emile Deschamps, musique de
    Meyerbeer.

50. — *Le chant du dimanche,* prière d'une jeune fille, paroles de
    M. Emile Deschamps, musique de G. Meyerbeer. — *Paris,*
    au Ménestrel, H. Meissonnier et Heugel.

51. — *Collection des mélodies de G. Meyerbeer,* illustrée par M. A. De-
    véria. — *Paris, M. Schlesinger.*

   De ma première amie, paroles allemandes de Heine, musique de
   G. Meyerbeer, traduction française de M. Emile Deschamps.

   Scirocco, paroles allemandes de Michel Baer, musique de G. Meyerbeer, traduction française de M. Emile Deschamps.

   Elle et moi, lied, paroles allemandes de Ruckert, musique de
   G. Meyerbeer, trad. française de M. Emile Deschamps.

52. — *Délire*, mélodie, paroles d'Emile Deschamps, musique de G. Meyerbeer. — *Paris, Meissonnier et Heugel.*

53. — *Guide au bord ta nacelle*, paroles allemandes de Heine, musique de G. Meyerbeer ; traduction française de Emile Deschamps.

54. — *Nella*, canzona, paroles d'Emile Deschamps, musique de G. Meyerbeer. — *Paris, Leduc.*

55. — *Prière du matin*, pour 2 chœurs à 8 voix, paroles d'Emile Deschamps, même musique que l'*Adieu.* — *Paris, Brandus-Dufour.*

(Dernière œuvre de Meyerbeer : mai 1864).

56. — *Rachel à Nephtali*, romance biblique, paroles d'Emile Deschamps, musique de G. Meyerbeer. — *Paris, Pacini.*

57. — *Récitatif et prière*, composés pour les débuts de M. Mario, dans *Robert le Diable*, et dédiés à M. Mario par Giacomo Meyerbeer, paroles d'Emile Deschamps. — *Paris, M. Schlesinger.*

58. — *Trois petites mélodies allemandes*, composées par Giacomo Meyerbeer, Traductions françaises par M. Emile Deschamps. — *Paris, Pacini.*

C'est Elle, paroles de H. Heine, musique de G. Meyerbeer.

Les Feuilles de roses (à une jeune fille), paroles de W. Müller, musique de G. Meyerbeer.

Mina, barcarole, paroles de Michel Baer, musique de G. Meyerbeer.

59. Molinos-Laffitte (Mme). — *La Pauvre enfant*, romance, paroles de M. Emile Deschamps, musique de Mme Molinos-Laffitte. — *Paris, Ad. Catelin.*

60. Mozart. — *Don Juan*, opéra en cinq actes de Mozart. Traduction française de MM. Emile Deschamps et Henri Blaze. Nouvelle édition. — *Paris, C. Lévy*, 1898. In-8°.

61. Murat (C^sse). — *Trois romances : 1° C'est mon seul bien ; 2° Doña Sol ; 3° Sur la tourelle*, paroles d'Emile Deschamps, musique de Mme la C^sse Murat.

62. Niedermeyer. — *Stradella*, opéra en cinq actes, par MM. Emile Deschamps et Emilien Pacini, musique de M. L. Niedermeyer, représenté pour la première fois sur le théâtre de l'Académie royale de musique, en 1837.

63. — *Album de chant*, composé par MM. Niedermeyer, F. Halévy, Rossini, Donizetti, Niedermeyer, F. David. — 1842. (Offert aux abonnés de la *Revue et Gazette musicale.)*

Ce n'est pas toi, de Niedermeyer, paroles d'Emile Deschamps.

64. — *Le Chevalier de Malte*, paroles d'Emile Deschamps, musique de Niedermeyer. — *Paris, Pacini.*

65. — *L'Étrangère,* paroles de M. Emile Deschamps, musique de
L. Niedermeyer. — *Paris, M. Schlesinger.*

66. — *Menestrel,* journal de musique et de littérature. — *Paris, Meissonnier et Heugel.*

Ne l'espérez, paroles de Emile Deschamps, musique de Niedermeyer.

Mon pays, id.

67. — *La Noce de Léonor,* paroles d'Emile Deschamps, musique de
L. Niedermeyer (dessin de Gavarni). — *Paris, M. Schlesinger.*

68. — *Que ne suis-je un comte ?* paroles d'Emile Deschamps, musique
de L. Niedermeyer. — *Paris, M. Schlesinger.*

69. — *Les Rayons,* album de chant de la France musicale, 1842.
Niedermeyer, Adam, Clapisson, A. Vogel, A. de Beauplan.
(Dessins de Nanteuil). — *Paris, H. Monpou.*

Une voix dans l'orage, paroles d'Emile Deschamps, musique de
L. Niedermeyer.

70. — *S'il vous souvient du mal d'amour,* paroles d'Emile Deschamps,
musique de L. Niedermeyer. — *Paris, M. Schlesinger.*

71. — *Seul objet de mes yeux,* paroles d'Emile Deschamps, musique
de L. Niedermeyer. — *Seize ans,* paroles d'Emile Deschamps,
musique de L. Niedermeyer. — *Paris, au Ménestrel, A. Meissonnier.*

72. — *Une scène des Apennins,* paroles d'Emile Deschamps, musique
de L. Niedermeyer. (Dessin de Gavarni). — *Paris, M. Schlesinger.*

73. Perugini (C.). — A son ami Gardoni. *Tu m'aimais,* romance,
paroles d'Emile Deschamps, musique de C. Perugini.

74. Piccini (Alexandre). — *Chant royal, à l'occasion de la fête de
S. M. Charles X,* le 4 nov. 1824, paroles d'Emile Deschamps,
officier de la 1re légion, musique d'Alexandre Piccini, 1er pianiste de la Chapelle.

75. Rosenhain (J.). — *Echos des campagnes, six mélodies à deux voix,*
parles d'Emile Deschamps, composés par J. Rosenhain.

1er cahier : *Chanson villageoise, Nocturne, Villanelle.*

2e cahier : *Barcarole napolitaine, Mélodie, Sérénade.*

76. Rossini. — *Ivanhoé,* opéra en trois actes, imité de l'anglais, par
Emile Deschamps, en collaboration avec de Wailly, musique
de Rossini, arrangé pour la scène française par (Emilien)
Pasini. — Odéon, 15 sept. — *Paris, Verité,* 1826. In-8°.

77. — *Beppa la Napolitaine,* paroles d'Emile Deschamps, musique
de Rossini. — *Paris, Schlesinger.*

78. — *Nizza*, paroles d'Emile Deschamps, musique de Rossini. — *Paris, Leduc.*

79. Sain d'Arod. — *Les Marguerites de Roussillon*, six mélodies..., paroles de M. Emile Deschamps et paroles traduites. Musique de Prosper Sain d'Arod. — *Paris, Martin.*

80. Schubert. — *40 mélodies choisies avec accompagnement de piano,* par F. Schubert, traduction française par Emile Deschamps. — *Paris, Brandus* (1851). In-fol.

81. Sémiladis. — *Cordélia,* fantaisie shakespearienne, paroles d'Emile Deschamps et d'Emilien Pacini, musique de M. Sémiladis, représenté sur le théâtre de Versailles en 1853 (d'après les éditeurs des Œuvres complètes de Deschamps. — Selon Arthur Pougin : avril 1854.)

82. Scudo. — *Le Sombre Océan,* méditation, paroles de M. Emile Deschamps, musique de Scudo. — *Paris, Colombier.*

83. Spontini. — *La France musicale.* Supplément. *Le chant de Mignon,* mélodie de G. Spontini, paroles de M. Emile Deschamps, dédié à Mlle Pauline Garcia.

84. Taubert (G.). — *Echos des familles. Six lieder pour la jeunesse,* par G. Taubert, maître de chapelle de S. M. le Roi de Prusse. Traduction française de M. Emile Deschamps. — *Paris, S. Richault.* (L'édition originale chez *M. Bahn, Berlin.*)
Le réveil des fleurs. — La berceuse. — Les Pigeons. — Les adieux des oiseaux. — La cloche du soir. — Le lutin.

85. Vaucorbeil. — *Mélodies de A.-E. de Vaucorbeil. — Paris, Heugel et Cie,* (1850).
Ad Amphoram, ode d'Horace, imitée par E. Deschamps.
Ballade serbe, imitée par Emile Deschamps.
Ervanec le Rimeur, fragment d'une légende bretonne, par Emile Deschamps.

86. Vogel (A.). — *Tobie,* scène biblique pour voix de basse, paroles d'Emile Deschamps, musique d'Adolphe Vogel.

87. Wachs (F.). — *A la princesse Isabeau de Beauvau-Craon.*
Je suis chasseur, chanson espagnole, paroles d'Emile Deschamps, musique de F. Wachs.

88. Wroblewski (Emile). — *Ving-cinq mélodies pour chant et piano,* par Emile Wroblewski.
Madrigal, poésie d'Emile Deschamps, musique d'E. Wroblewski.

ABBEVILLE. — IMPRIMERIE F. PAILLART